「違うこと」をしないこと

吉本ばなな

角川文庫
22902

目次

第一章　自分を生きる

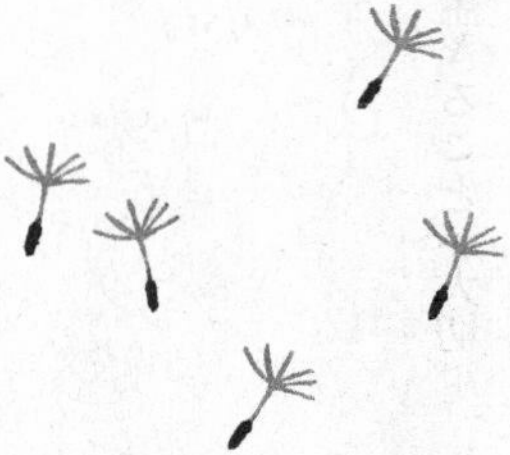

自分を生きるって、むずかしい

自分の人生は、自分のものです。

どんな人であれ、自分そのものを生きることが大切。

そのためには、まず自分に正直であること。

そして、他人と正直にコミュニケーションすること。

結局はそれしかないんだってわかっていても、これが案外難しくて、振り返れば、私も失敗の連続でした。

ある時、ふっと気がついてしまうんですね。

「あれっ、この人って、こういうことをする人だったっけ？」

私の場合、二十五歩くらい前に気づいてしまうので、人からは「あの人とはそんなことにはならないんじゃないの」と常に言われるのですが、絶対にぶつかることになる。避けられないとわかっていても、やっぱり悩むし、迷うわけです。人は、そのときどきで少しずつ変化していくので当たり前のことかもしれないですが、やはり「今の自分」と合わなくなることに少し早くに気づいてしまう。

自分でも不器用だなと思うのは、もっとこう、水から手を抜くみたいにスッと離れられたらいいんだけど、そういうふうにはいかなくて、めちゃくちゃもめて、ざっくり切るみたいになっちゃう。お互い傷つくし、イヤな気持ちになるし、そんな生き方はしない方がいいんじゃないかと思ったこともありました。

言わないで済むなら、それに越したことはないよなって。

どうにかして、やり過ごすことはできないだろうか。離れるにしても、もめることなくフェードアウトしていけるのならその方がいいし、出来ることならそうしたいって、何度そう思ったことか！

でもダメなんです。その時はうまくやり過ごしたつもりでも、あとで必ずぶつかることになる。その場しのぎにごまかしたところで、結果は同じ。だったら、最初から正直に生きた方がいい。今のあなたとは少し合わないみたい、少しだけ離れるよ、と何らかの形で伝えた方がいいと思うようになりました。

人は人の意見では決して変わらない。

あなたも。あなた以外の人も。みんな。

お互いを無理に変えようとしない方が自然だし、健全です。

だから出会ったり、別れたりを繰り返しながら、人はそれぞれの幸せを生きていくしかないんだと思う。

たとえば、恋愛が終わる時がそうですよね。

出会った頃は何でもかんでもオッケーだったのが「考えてみたら、これはイヤだな」とか、これまでは大丈夫だったことが急にダメになったりする。「まだやり直せるかも」なんて会ってみるけど、結局ムダだったみたいな。この組み合わせから新しく生まれるものは、もう何もないなって。他の人間関係も、恋愛より少しゆるやかだけどそれとおんなじ感じがします。

一緒にいるのが当たり前みたいに感じていた時期もあったのに、なんでそうなるのかは私にもわからない。単純に「あなたが嫌いになった」とかでもなく、もうちょっと利害関係みたいなものが絡んでいたりすると、よりハッキリわかる。

他人が自分に圧をかけてくる感じ。

なんか、もやっとするというか、頭のまわりがうっとうしいみたいな。

はっきりお別れしてそういうのがなくなるとスッキリして、景色が急にクリアに見えたりする。やっぱり、これで良かったんだって、ストンと腑《ふ》に落ちるみたいな。それって、その人が本来の自分に戻ったからだと思うんです。

自分を納得させようとする時って、たいてい、本来の自分を見失っている。ごまかし続けていると、どんどん苦しくなるし、何かが立ち行かなくなったりする。本来の自分とズレてるから、それがちゃんと現実に反映されるわけです。

生活ってノイズが多いから、つい違うことをしようとするんですよね。それが人間の本能なのかも知れないけど、ちょっとひと味加えたいみたいな。

違うことをしていると、どんどんズレていく。ズレていくから、どんどん苦しくなる。苦しいのに無理してやり続けていると、そのカルマを解消するために、まとめて寝込んだり、まとめて病気になったりするんだと思う。

人間の体はすごく厳密に出来ているから、本人が自覚してなくても、たぶん相当なところまでわかってるんでしょうね。あの人に、あの場所に、体が寄りつかないっていうこと、ありますもんね。吐き気がするとか、下痢をするとか、そこまでいかなくても、ちょっと嫌な気持ちがするとか。

体の方はとっくに悲鳴をあげてるのに、頭でおさえつけちゃったりすることだってある。耐え切れなくなって、ある時、バーンと爆発しちゃう。もうこれ以上は無理。がまんできない。違うことをしているというサインを感じたときこそ、それまでの悪いサイクルから脱《ぬ》け出すチャンスかもしれない。

ただ、そうなった時にはかなり消耗してるわけで、そこまで追い込まれる前に、違うことから生じたひずみをちょっとずつ修正していった方がラクですよね。人間って、違うことをしては、その違うことから生じたひずみをちょっとずつ、ちょっとずつ修正しながら生きている気がします。

人は根本からは決して変わらないから、本来の自分を生きることが大切。

そして、人生はたぶん生まれた時の状態に意図的にだんだん戻っていく旅だと思うので、その人が本来の自分でいればいるほど、道は簡単になるんだと思う。

ノイズが多いから、人は何度も自分を見失う

若い人と話していると、自分が好きなもの、したいことが「わからない」という声

を聞くことがあります。これは若い人に限らないのかもしれないけれど、周りの環境や情報に流されて、考える起点となるはずの「自分」を持てないまま来てしまった。このままじゃつらい、苦しいと感じているのに、どうしたらいいのかわからない。

とりあえず、今やっていることがつらいなら、やめてみるとかね。疲れているなら、休む。そうやって周りのノイズをシャットダウンしてみるのも、ひとつの方法ですよね。

私も、十代の頃、ひたすら眠っていた時期がありました。いやなことがあると寝ちゃう。ずいぶん前に『白河夜船』という小説を書きましたが、まさにあんな感じ。学校でも寝て、家に帰ってからも寝て、一日九時間くらいしか起きてなかったので、先生には「いつも机につっぷして寝てるから、つむじしか覚えていない」と言われたほど。で、何が言いたいかっていうと、今がどんなにダメな時期でも、流されるまま来ちゃったような人でも、自分がないってことはないんです。

世の中のお母さんがよく言うじゃないですか。「あんたは昔からそうだった」とか。「へんなとこで、いつも意地になるよね」って。そういうことにこそ自分に見えない、自分を読みとくヒントがある。

「本来の自分」っていうのは、赤ちゃんの時の自分ってことですよね、極端に言うと。誰のでも赤ちゃんの頃の写真を見ると、変わらないなって思う。「全然違うな、こりゃ」って人はいない。その人の本質的なものっていうのは、成長して大人になってからもずっと持っているんだと思います。

うちの子も、おなかにいる時と同じ性格だもん。

胎児に性格なんてあるのかって思うかもしれないけど、めちゃくちゃわかりましたよ、「私じゃないな、これは」って。私はお菓子なんて全然好きじゃないし、ファンタグレープばっかりやたらに飲んだりしないし、とにかく自分にはない生活のテンポがあったんですよ、あの時だけ。

仲良しのサイキックの友達には「女にギリギリ近いけど、男だ。女のようなタッチの男だと思う」って言われました。「何か言うとギャグで返してくるよ、この子」って。すごく当たってましたね、まだおなかのなかにいたのに。三つ子の魂百までというけれど、今の息子を見ても、つくづく思います。人間って本当に変わらないんだなって。

生まれ持ったものが、どんな人にもある。

みんな、違う人ってことは、そういうことですよね。

自分というものも、変わらないんだと思っていた方がいい。

誰に何を言われようが、どんな影響を受けようが、基本的にその人の本質的なものは変わらないし、変わりようがない。

だけどノイズが入って、わからなくなっちゃう。

　本来の自分と調和していない感じの人がいると、すぐに気づきます。「この人、本当はこういう人じゃないんだろうな」って。自分じゃないことをしてるから、こっちもなんとなく居心地が悪くなる。もちろんよけいなお世話なのでいちいちは言わないけど「本来はこういう人だよね」「だったら、こうすれば楽なのに」ってよく思う。

　そういう人って、その時つきあっている恋人に合わせていたり、親に合わせていたり、学校や会社やいわゆる世の中の常識というものに合わせていたりして、自然にいけないというか、のびのびできなくなってるんですよね。ノイズが多いから、違うことをしているうち、どんどん、どんどん、ズレていっちゃって、今、どこに戻っていいかわからなくなってる。

　違うことをしていると、余計なものがくっついてきちゃうんでしょうね。クセみたいなものが。それを振り落としたら、ハッと我に返るんじゃないか。犬がぶるぶるっと体を震わせるみたいに。

ときどき、振り落とす瞬間を見ますけど、それでその人が新しく変化するっていうのを感じたことはないです。

自分に戻っていった、ただそれだけ。でもそれが大事なんだと思う。

プリミさんが宇宙マッサージでやっていることも、まさにそんな感じ。泥まみれのところから土器みたいなものを取り出して、ていねいにブラシをかけて元の姿をよみがえらせるというような作業をしている。はじめて宇宙マッサージをしてもらった時、自分がどういう人間だったか、体感で思い出させられる感じがしました。私は宇宙マッサージはできないけど、本を読んで、同じように自分をみがき出してもらうことはできると思うので、私もプリミさんと似た仕事をしているんだと思います。

違うことをしなければ、違わないことがちゃんと返ってくる

本来の自分を生きるには、違うことをしないことが大切。

じゃあ「違うことをしない」って、どういうことなんでしょうね。

「したいことをする」っていうのとすごく似てるけど、微妙に違うんですよ。言葉で

説明するのがちょっと難しいのですが、ヘンに力が入ったり、ちょっとでも圧がある感じがあったら「あ、こういうことじゃないな」と思う感じ。

もっとこう、流れみたいなものに乗っていく感じ。その瞬間にする行動はほんとうはいつもひとつだけ。それになるべく近くしていく感じ。

イメージとしては、サーフィンに似てるかもしれない。

たとえば何かお誘いがあった時に「なんとなく気が進まないな」と思ったとするじゃないですか。でも「これは義理だから行っておこう」とか「いつか役に立つはず」って行ったりすると「違うこと」になっちゃう。

「なんかいやだ」じゃ理由にならないって思いがちですよね。だからつい、もっともらしい理由をつけて判断しようとするから、複雑になっちゃう。

大切なのは、自分にとってホントにダメだと思うことをしないでいること。

こればっかりは理屈じゃなくて体感だから、やってるうちにだんだんわかってくると思いますよ、その感じが。

とりあえず「なんかいやだ」と思ったら、その感覚をスルーしないとかね。

大切なことです、とても。

たとえ微かな兆しでも、自分が「したくないこと」を受け流さない。「まあ、いいか」って安易に人に合わせない。妥協しないで実行することで、流れがちょっと変わる。

一回それでやってみて、どんな気分になるか、どんな結果になるかっていうのを試してみるのがいいと思う。

毎日は選択の連続で、意地の悪いひっかけ問題みたいに違うことへと誘っているけれど、違うことをしなければ、違わないことがちゃんと返ってくる。

たとえば会社の上司みたいな自分にとって強制力のある人が「今日はステーキを食べに行くぞ」と言ってきたとして、でも自分としては「今日は絶対に牛肉は食べたくない」と思ったら、そこでどういうふうに身を振るのかっていうのがその人だけの何かだと思うんです。

その時の答えっていうのはイエスかノーかの二択だけじゃなくて、断るにしても、受け入れるにしても、自分のキャラクターに合ったいろんな手段がありますよね。

言葉でハッキリ「いやです。なぜなら私はベジタリアンだから」みたいに言うのか。それとも、ひと口だけ食べて「ううっ」ってトイレに駆け込んで、そのまま帰っちゃうのか。そうじゃない中間の道だってあって「すみません。お昼におなかいっぱい食べちゃって、半分しか食べられません」とかね。あるいはパッと気持ちを切り替えて、食べてみたら意外と美味《おい》しかったというのもある。

そのいろんな手段というのが、その人それぞれの個性。

その人の個性と違うことをすると軋轢《あつれき》が生じるけど、それがその人に合っていると、みんなも納得して、意外とすんなり通ったりする。「あいつ、またそんなことやったのか。しょうがねえなあ！」って許されちゃう人っているじゃないですか。反対に「これで拒絶すれば、どうせ怒ってきて、もめるんだろうなー。あー、ヤダヤダ」とか思ってると、相手の強制力が強まって、その通りの結果になったりして。

だから、ブログやインスタグラムを見て「みんな、こうしてる！」っていうのとは違う。そういう誰にでも当てはまる正解じゃなくて、人それぞれ、自分のやり方を考えていくっていうのが、人生の道というもの。

結局、その瞬間その瞬間のその人にとっての正解みたいなものって、ひとつしかないんですよ。それは誰が決めるんでもない、宇宙の流れと本人の人生が交わる点でおのずと決まってくるものなんです。

人間ってノイズが多いから、つい別のことをしようとするんだけど、その瞬間にその人に求められる行動、動作、考え、発言っていうのは、本当はひとつしかない。宇宙がその瞬間に「しなさい」と言ってることと、その人が「したい」と思ってることが呼応して、ピタリと一致するところがあるんですよ。違うことをしないでいると、どんどん道が極まって、瞬間、瞬間、それが一致するようになる。それは本当に武士道みたいな、剣の達人みたいな感じ。

スゴイものです。本物の達人になると「ステーキ？　うーん、今、食べたくないな」って思ったら、会食がキャンセルになったりする。私はまだその域には達していませんが、全然ざっくりしてないんです。本当に厳密な、よく出来たシステムだなと思う。

まさに、宇宙の法則。

どんな人も、本来のその人を生きていくのが本当は一番自然で、ちょっとでもズレるとそれが反映されるし、ピタリと一致すれば、それも反映される。もともと、そういうふうにこの宇宙のシステムができている。恐ろしいほど正確なその仕組みこそが、きっと、愛というものなのでしょう。

休養して体が回復したら、きっと悪い考えも
消えるだろう、この空気のようにきれいな血が
体をめぐるようになって、
もとよりももっと大丈夫な自分になるに違いない。
古い毒もついでにみんな出てしまえばいいのだ。
いつからだって、はじめられる。

——「「おかあさーん！」」（『デッドエンドの思い出』
よしもとばなな　文春文庫収録）

第二章　対談

吉本ばなな＋白井剛史（プリミ恥部）

プリミ恥部さんの
宇宙マッサージは私を
「違うことができなくなる」
「子どもの頃の素の自分」に
連れていってくれました。

宇宙マッサージって、何？

プリミ　今日は、鎌倉《かまくら》の友達のところで宇宙パンを焼いてもらってきました。

吉本　スゴイ！　見た目がもう、アート作品みたいですね。「フラワー・オブ・ライフ」の図まで描いてありますね。このまま飾っておきたい。

プリミ　パンって、酵母が発酵していく過程でその場に居合わせたすべての存在とバイブレーションが即座に交感して、すごく響くんです。どんな状態の人、どんな感性の人がパン生地をこねたかとかですべてが変わっていく。ＬＯＶＥを響かせるとＬＯＶＥがバーッと広がっていくので、パン生地自体を宇宙マッサージして焼いたりすると宇宙ＬＯＶＥが多めのパンになります。

吉本　良さそうですね。良いパンができそう。微生物ってその場の全てを受けて育ちますよね。模様がまたスゴイですね。

プリミ　ここのパン屋さんはステンシルでいろんな型をつくって、粉をまぶしてパンに模様を描いてるんです。

吉本　いい匂い。硬くなる前に、みんなでむしゃむしゃ食べたいけど、その手間を思うと、ちょっと割れない（笑）。きっと、読者の人たちは「宇宙パン？」「宇宙マッサージって何？」ってなったんじゃないかと思うんですけど、少しご説明いただけますか？

プリミ　あ、そうですね。宇宙マッサージっていうのは、シンプルに言うと、愛のエネルギーをつかって、地球人が生きていく中でしがらみやコンプライアンスなどによって制限されてきたエネルギーのゲートを解除して、宇宙と繋《つな》げてアップデートもしていく、みたいなことです。宇宙と一体になるチューニングをすることで、その人にとって本来の生き方ができていくようにするマッサージです。

吉本　私も年齢が高くなってきて、若い人の相談を受けることが多くなったのでいつも感じるのは、みんな、自分ってどういうものかをそもそも持たないように、持たないように教育されてきてるから、何も始められなくても無理はないなって。私は傷ついた人たちを小説で癒やすというのを一番にやってきたわけですけれども、今はもはやそういうことよりも、まずその人って何なのかというところをその人がまず自分で考えることをしないと疑問の持ち方も見えないような時代になってきちゃったなというのが実感としてあったんですね。人にそれを説くのであれば、自分をまずそこまで持っていかなきゃなと思って、結構長い間、体を調整したり、心を調整したり、いろんなことをやってきたんですけど、どうしても自分では解放できない最後のブロックみたいなものを、宇宙マッサージで取ってもらった感じがしました。いろんな施術を受けなれているせいか、何をしているのかはわりと正確につかんでいた気がするのですが、強いて言葉にするなら、遺跡の発掘みたいな感じ。泥の中から土器みたいなものを掘り出して、ブラシをかけてというような作業をやってもらっているんだなと感じたんですね。

プリミ　まさに遺跡発掘のような感じもあります。たとえば仙骨《せんこつ》という場所がとても詰まりやすいんですけど、そこを掘っていった時に発掘される遺跡、まあカルマと言ってもいいかもしれないんですけど、そういうものが明らかに骨の奥から出土し、土器のように取りあげて、解放していくのを、感度が高い人であればあるほど一緒に体感するような感じで進めていくんですね。その人の本当に奥の方にあるようなものって、自分自身で向き合おうとしても、つら過ぎてもう二度と見たくないことだったり、絶対さわられたくなかったり、輪廻《りんね》転生しながら巧妙に何層にも隠し通してきたようなものなので、今世《こんせ》の自分にもわからないように仕舞《しま》い込まれていたりします。その層を開くには愛と一緒じゃないと、体は受け入れようとしないんです。取りあげる時には奇跡といってもいいくらい、愛が生まれるのを感じます。以前、ばななさんを宇宙マッサージさせていただいた時も、落雷とともに大きいのが発掘されましたよね。

吉本　そうですね。何かがポーンと出ていったのが体感としてわかりました。私は取材根性があるから、とにかく一回は、どんなものでもオープンな気持ちで飛び込んでみて、失敗したら、あとで調整するみたいな生き方をしてきたんですね。だから初めて宇宙マッサージを受けた時も、まったく疑いを持たずにオープンな気持ちで受けたんですけど、自分がどういう人間だったのか、体感で思い出せたんです。職業上、言葉ではいくらでも思い出せるんですけど、体感で、自分はどういう歩き方だったのかとか、どういう生き方をしたいとか、そういうもっと根本的なことをハッキリ思い出せましたね、「あれっ。なんで忘れていたんだろう」「あ、そうそう。私ってこうだった」みたいな。それで「あ、なるほど、宇宙マッサージっていうのはこういうことか」って、すごく納得したのを憶《おぼ》えています。

プリミ　宇宙マッサージをする時、ぼくは、ほとんど何も言わないんです。ぼくが何も言わなくても、受けている方がご自分で体感したりビジョンを見たりメッセージを聴いたりして自覚できていくんですね。その人にとってその時必要な宇宙情報がアップデートされる。肉体も思考も魂も宇宙と一体化していった時、その一体化した体の中枢のラインに、愛のエネルギーをその方のスジが通るようにチューニングしていく中で、体の状態や意識の在り方、認識の深さによって進むスピードは違いますが、ネガティヴなバイブレーションも、その過程でワッと愛で解放されちゃう感じになります。

吉本　愛を受けて安心しちゃって、途中でスヤスヤ寝てたからね、私（笑）。

プリミ（笑）

吉本　うちの夫はロルファーなんですけど、よく聞くのは、特定の感情はその人の溜《た》まりやすいところに溜まっているから、それを解放していくことがすごく重要だと。たとえばすごく怒った時の感情を背中に溜めている人もいる。感情っていうのは、頭に溜まっていくと思われているけど、そうじゃなくて、やっぱり、肉体に記録されているものなんだなって。

プリミ　そうですね。筋肉とか神経もそうだし、骨とか細胞とかにもしみ込んでいて、しみ込みがすごく強い、強烈なところがあると、そこが体全体の流れを滞らせる原因になっているので、その日のメインテーマとして解除していきます。溜めやすいポイントって、人によって違うんですね。ある男性の場合は、心臓にいる悪霊みたいなものを触ると胃に飛んだり首に飛んだり追いかけっこみたいになったので、腸に追いつめて「これ、ウンコでてますよ」と言ったら、その晩、道を歩いていたらもよおして、コンビニのトイレに駆け込んで「でろー！」と踏ん張ったら、カランコロンカランって隕石みたいなものがでて「流れろー！」って言いながら水に流したと言っていました。また、ある女性で肝臓に溜まりやすい方がいて、その人は手術で肝臓をとったのに「まだ肝臓が痛むんです」と言うんです。でもそれは肝臓が悪くなったというより、そのポイントに溜まる癖が常にあるので、内臓をとっても癖は変わらないから、またそこに溜まっていくんです。その場合は、その癖の根本を解放するとすごく楽になっていきますし、さらに根本の根本の原因を解除する方向に進めます。それを伝えて癖を自覚してもらうだけでも変わってくるんです。

吉本　やっぱり、自分に正直に生きようとすると、それを阻害しようとする周りの環境と自分との問題にどうしてもなるので、そういう中でどんどん体に溜まっていくものがあるんでしょうね。私は、八〇年代、九〇年代には、小説を通して、忙しく働いて働いて疲れ果てた女の人たちを癒やしたかったんです。でも今って、もっと変な感じ。みな疲れすぎて自分っていうものにさえたどりつけなくなっているんじゃないかって。何かを始めようと思っても、自分が何を好きかということさえわからなくなってるし、自分がないから、疲れているかどうかさえ感じられない。このままだとどうなっちゃうんだろうって、ちょっと心配になります。

プリミ　そうですね。中心がないような、中心がわからない状態かもしれない。周りがその人に抱いているイメージやキャラ、期待されている人生を生きちゃってる人も多いでしょうし。体の中枢に宇宙と繋がるエネルギーが循環しているチャクラという通路があるんですけど、第七と第一チャクラという体を上下に貫通しているはずのトンネルのどこかが崩落していたり、詰まっていたり、エネルギーゲートが閉まっていたりということが起きている。単純な話、それが通っただけで、中枢がちゃんと感じられて、全然生き方が変わってきたりするんですよ。

吉本　宇宙マッサージを体験して、仕事を辞めたという人もいますもんね。

プリミ　そうですね。本来の自分に戻るというか「あ、自分がするべきことは、本当はこうじゃなかった」と気づくんでしょうね。今って「自分では望んでいないけど、これをするしかないんだ」と思い込んで、がんじがらめになっている人もまだまだ多いし、お金を稼ぐために我慢して働くという状況も、世の中に蔓延《まんえん》しているので。

吉本　うん。ほとんどの人がそうだと言ってもいいかも。

プリミ　ぼくから見ると、初期設定があいまいな人が多いんだと思います。自分がこう在りたいというのが明快じゃないので常識に縛られてしまって、お金を稼ぐなら

「我慢しなきゃいけない」「がんばらなきゃいけない」「遊んでちゃいけない」とかって設定が、最初から勝手に親や世間や義務教育などから刷り込まれてしまっていたりする。初期設定がそうなっちゃうと、そこから先は、もう、そういう道しかあらわれないんですよ。宇宙はコンピュータになっているので、初期入力、初期設定がすごく大事なんです。逆に言うと、自分の設定さえハッキリ入力して宇宙のコンピュータを起動できれば、現実は自分のビジョン通りに、何もしなくても、必要なことが起きて動き出します。

吉本　みんな、あんまりそういうことを意識したことがないのかもしれない。

プリミ　そのまま、あいまいなままズルズル行ってしまった人がいっぱいいると思うんです。最初の設定が狂っちゃってると、不具合が不具合を呼んで、どんどんズレていって混線してしまうので。

愛というエネルギー

プリミ　これは前にも、ばななさんとお話しさせていただきましたが、子どもの頃、自転車を買うことになった時にたまたま親戚が集まっている日で、パンフレットを見ながら親戚のおばさんに「こっちの方がいいよ」って熱心に勧められて、周りにいたギャラリーのほとんどが賛同してしまったので「まあ、これでもいいのかな」って、その時は決めちゃったんです。でもぼくの魂はやっぱり「これじゃない！」と感じていたようで、自転車が届いた当初は凄《すさ》まじいストレスで泣き叫ぶほどだったんです。しばらく何ヶ月か放置しているうちに「乗ってみようかな」と思えて、設定が一見、切り替わった感じになったんですが、乗り心地にしても思い描いていたビジョンと全然違うというのは、体のどこかでストレスとして積み重なっていたと思うんです。このシチュエーションのポイントは、ぼくがあいまいに自分の生きがいを設定してしまったことがストレスを引き起こしたということです。これって、たぶん、大人と子どもの間で必ずと言っていいほど起こることで、子どもって、どうしても大人たちの言うことを聞いてしまいがちだから。

吉本　子どもの方が大人よりよっぽど気をつかうというかね。自分さえもそのうち慣れるだろうって、本当は不本意なことでも、周りに合わせてなんとなく受け入れてしまったりしますよね。

プリミ　そこで、大人の方がそういう子どもの気持ちを無視せずにちゃんと気づいていくってことが本当はすごく大事だと思うんですけどね。社会でがんじがらめになってしまった大人はアンテナの感度が落ちてしまってるので仕方がないとも言えますが。
ぼくは、その時に思い知ったと思うんです。自分の魂が本当に感じていることを無視するというのは、ぼくの中でどうしても許されないというか、自分の魂にとって本当に失礼なことなんだと。自分が本当に感じていることを無視したまま、ズルズル行ってしまったとしたら、その先も自分の魂をリスペクトすることがどんどん難しくなります。それは、やっぱり、自信がなくなっていくことに繋がって、自分の軸、中心がなくなっていくことにもなるでしょう。

吉本　私も子どもの頃、家族の調整役だったので、プリミさんが言うその感じはすごくよくわかる。うちの場合は、家族がみんな、自由過ぎて、私がいなきゃ何事も調整されないと常に感じていました。父も母も最期の最期まで自分というものを曲げずに生きた人たちでしたし、姉も根っからの自由人なので、そのぶん、私が子どもながらに引き受けるものも多かったし、周りを調整しつつ、ちゃんとバランスをとりながら自分を生きることの難しさやそこから自己の中で生じる矛盾というのは、今でもすごく感じています。たぶんそのせいで、私の初期設定には『オバケのQ太郎《たろう》』のQちゃんが入ってるんだと思う（笑）。Qちゃんって、周りがいかに揉《も》めていようと、おやつを食べて寝るだけっていうか、いっぱい食べて、グーとか寝ちゃったら「もうしょうがないね」って周りもなるじゃないですか。子どもの頃の私も、それでしのいできたんじゃないかって。

プリミ　なるほど。ばななさんはQちゃんになっていたんですね(笑)。それを見て、大人たちは「子どもは無邪気でいいよなあ」って思うかもしれないけど、子どもは必死。食べて、寝ちゃうっていうのも、子どもなりの生きる知恵みたいなものですよね。

吉本　うん。子どもってそうやるしか生き延びられないくらい立場も魂の強さも大変なものだから、親も無理をしない方がいいんだなって今は思いますけど。人ってこりゃもう今すぐ寝るしかないみたいな時もありますからね。寝れば治るみたいなね。

プリミ　ぼくの場合は、二歳半の時に父親が死んじゃってたりとか、それで母親が働きに出ちゃったりとかしたので、祖父母にあずけられて家族のそういう網みたいなものを何とかしてかい潜《くぐ》らなきゃというのはなかったです。母は自分のスジを通して自分の生き方を一番にするような人なので、子どもに合わせるようなことがほとんどなかったんですね。ぼくも今、子どもが二人いますけど、ぼくが子どもに合わせることも全然ないんです。そういうスタンスが、それぞれの魂をリスペクトすることにも繋がるんじゃないかと感じています。子どもの人生を認められないとその子の魂の軸みたいなものが絶対に崩れていっちゃうんじゃないかと思うんです。親が決めつけて頭ごなしに言うとかって、子どもに対してすごく失礼だし、無礼なことじゃないかって。

吉本　言う方は、悪気がないどころか、それを愛情だと思い込んでいたりもしますよね。やっぱり、一番厄介なのって愛情のある人じゃないですか。周りの愛情や気づかいが、人間をちょっとずつ蝕《むしば》んでいくこともあるんじゃないかって。

プリミ　「良かれと思って」とか「あなたのために言ってるのよ」ということは、だいたい、とても余計なお世話をしている可能性が高い。しかも、それが家族や身近な相手だと無視しにくかったりもして。距離も詰めてきますしね。

吉本　親だけじゃなかったりしますもんね。先生とか友達とかね。周りにいる人の善意って、あまり意味がないことが多い気がします。愛情ではなく愛だったら意味があるけど、情や善意は意味がないなというのは、よく感じます。誰を見てても、思いますね。

プリミ　愛と善意って似て非なるものですよね。愛って、とても潔い感じがするけど、気をつかわれたりして優しくされるというのは、感覚としてちょっと気持ち悪いものも含まれている感じがするんです。その気持ち悪いものを受け入れ続けていると、絶対に溜まっていくものがあって、どうしても吐き出さなきゃいけない状況になるでしょうし、その、なあなあの状態そのものが愛を蝕んでいくものだと思うので。

吉本　私の「デッドエンドの思い出」という小説は、簡単に言うと、利害のない愛というのを体現している人物に主人公が出会ったことによって「あ、なんだ、愛って、こういうのでいいんだ」って気づくみたいな話なんですけど、みんな、愛というものを勘違いしてるんじゃないかって。特定の人物の特定のかたちの愛情が注がれないと自分は癒やされないみたいな思い込みを多くの人が持っているみたいだけど、そうするとセンサーが鈍くなっちゃって、本当の愛に触れた時に気づけなかったりする。「あれっ。なんでさっきちょっと気分が軽くなったんだろう」みたいなことがわからなくなっちゃう。

プリミ　愛って、何か感情や、気持ちが優先するものだって皆さん思い込んでいたりするけど、本来は電気やガソリンのように純粋なエネルギーとして利用できるものだと感じていて、愛に対してそういう発想があるだけで全然変わってくると思いますね。ある日、ぼくがあるお宅に宇宙マッサージをしに行ったんですが、他人が来ると必ず隠れちゃって、絶対に出てこない猫を飼っているお家《うち》だったんですね。なのにぼくがご主人を宇宙マッサージし始めたら、ゆっくりのしのし歩いてきて、仰向《あおむ》けにおなかを見せて無防備に寝っころがったんです。これまでなら、本当に絶対ありえなかったことらしくて、ご主人がものすごくビックリしていたんですけど、ぼくの方には猫が可愛《かわい》いとか犬が可愛いとかいう気持ちはまったくないんです。基本的にペットを飼いたいという気持ちも今のところまったくない。こちらに感情も気持ちも思い入れもまったくないのに、ご主人とのあいだに生まれている愛のバイブレーションを感じて、なんの抵抗も疑いもなくあらわれて、時空間に発生しているピュアな愛のエネルギーを全身で、リラックスして享受してるんです。人間側が一方的に「可愛いね、可愛いね」なんて勝手な感情で近づいたら、その猫なら絶対に察知して出てこないでしょう。これが普通の精神状態のペットだったとしたら、人間に気をつかって、人間のネガティヴなストレスなどを感じ取って吸収したりしてくれてますよね。それでペットが病気になったらなったで、悲しんじゃって、その悲しみのバイブレーションをさらに病気のペットに送り込んで、とどめを刺す感じになっていたりもするんじゃないでしょうか。人間に関しても同じですが、病気になったら、ありったけの、全身全霊の愛を相手に送り続ければいいだけだと思います。

吉本　利害関係のない愛というのもそういうことで、「何かしてくれた」というのとも違う、本当に匿名の愛でいいんですよね。相手が人間や動物じゃなくても、それこそイシスの神殿とか、素晴らしい自然とか、そういう中に入った時、やっぱり、人間はもともと愛のエネルギーを知ってると思う。この木のかたちとこの雲の感じって、神様がいるとしか思えないって感じる時ってありますよね。

プリミ　そうそう。「何か問答無用に感じちゃう」何かですよね。

吉本　愛っていうのは、本来、愛というエネルギーのことであって、バイブレーションと呼んでもいいんですけど、別に名前とか色がついているものじゃない。どこにあって、どんなかたちじゃなきゃダメとかではないし、自分では選べないもの。でもいつでもアクセスできる。そんな気がします。

一人インタビューで答えを出す癖をつける

プリミ　ぼく、小学生くらいの頃ですけど、一人インタビューというのをよくやっていたんですね。雑誌に載ってるインタビュー記事とかが好きだったので、インタビュアーを自分がやって、自分で「それはね」みたいな感じで即答するというのを。

吉本　じゃあ、今日の対談も、私、要らなかったんじゃ（笑）。

プリミ　いや、そんなことはないです（笑）。

吉本　案外、私がいない方がいい回答が引き出されたりして（笑）。

プリミ　（笑）。一人インタビューのいいところって、自問自答とは違うんですよ。答えの出ない疑問をいつまでも追い続けて、延々考え続けるというルーティンみたいなことをしている人っていっぱいいると思うんですけど、一人インタビューはとにかく迷っている間はなく、答えを出し続けていくんです。インタビューだから。自分のその瞬間の答えをインタビュアーに言わなきゃいけないので、自分で質問するたびに、自分が答えを出す。その答えは生きていく中で、考えが変わったりすることもあるでしょうから、間違ったと思えば一瞬でくつがえすことも一向に構わないんです。とにかくその時点での答えを出すというのが、インタビューじゃないですか。それをやることで、考える癖をつけてしまうのじゃなくて、答えを出す癖がつくようになると思うんですね。さっきの自転車の話もそうですけど、自分の本当の気持ちを抑えちゃったり流しちゃって言えなかったりする人ってたくさんいるはずですが、一人インタビューなら、聞くのも自分だし、答えるのも自分だから、自分しか答えを聞いている人はいない。もう何を答えてもいいわけです。それで答える癖がついたら、人に何か聞かれた時でも、自分の意志を伝えなきゃいけない場面でも、ちゃんと自分が本当に感じていることを、まっすぐ言えるようになってくると思うんですよね。そうすると宇宙の耳にもその答えが届くようになって、宇宙と一緒に現実を行動していけるようになります。

吉本　ということは、私がかつてQちゃんだったように、一人インタビューがプリミさんの原点だったんだ。

プリミ　そうです（笑）。ぼくにとって、本当に大きかったことの一つだと思います。ぼくは、ちっちゃい頃から、ちょっとでもスジが通らない違和感があったら「気持ち悪いな」と思う感覚が強かったので、自分にとって何か気持ち悪い対応をされたりとか、自分がされたことがどういうことなのかって感じ取るのは早かったかもしれない。一人っ子だったから一人でいる時間も長くて自分を誤魔化すこともあまり必要なかったのもあったでしょうし。でもどんな人でも、ちゃんと話を隅々まで聞いてくれる相手がいれば、ちゃんと最後まで吐き出せるんだと思うんです。だから、まずは自分が自分の聞き役になれたら、どこまでも丁寧に聞くことも、自分次第でできますよね。

吉本　似てますよね、宇宙マッサージと一人インタビュー。一方が黙って聞き役に徹してくれるから、こっちも溜まっていたものを吐き出すことができる。

プリミ　そうですね。ただぼくの場合は会話をするよりもバイブレーションの方が超高速でコミュニケーションができるし、まどろっこしくなく解決してしまえるから黙っているのもありますが（笑）。宇宙マッサージをする時に、大前提になってくるのは、すべてを受け入れるという愛のスタンスなんです。人に触れるって、実はすごいことだと思うんですね。普段、大人になったら特に人に触ることも触られることもほとんどなくなっていくじゃないですか。そんな不感症のような環境の中で生きている人ならなおさら「何かしますよ」という意図で触られたら、反射的に無意識にひきます。力を使われたら力を入れてしまいますし、何か他人から一方的に変化を求められたりすることも、人間は根本的に大嫌いなんです。ぼくのところに来る人でも男性に触られるのが極端に嫌だという人もよくいます。そういう人たちにもぼくは何も言わないまま、いきなりサッと始めちゃうので、最初は内心びっくりしていたりするようです。でも、すぐにこれまで触られた感覚と違うことを感知されます。ほかの人には触られたくないけど、ぼくは大丈夫だと言う人がいるのは、ぼくに助けたいとか救いたいとか治してあげたいとかがまったくなく、高純度な愛を体現するという設定の上で触るからだと思うんです。相手にもすぐに愛のスタンスが伝わっていくのが感じられて、かなり高速で相手と繋がってしまうというんですかね。

吉本　どんな相手に対してもそういうスタンスになれるってことが、まずはすごい才能ですよね。

プリミ　そこは愛というエネルギーをつかう時に、とても大事なことだと感じています。どんな相手かを、愛で読み解くんです。それには、相手のことをまずは絶対に無視しない、いかに無礼で嫌な相手でも、最初からシャットアウトするのじゃなくて受け入れてすぐに適切な距離をとれるか、何か言葉が必要なら、的確に受け入れて腑《ふ》に落ちるように伝えられるか、だと思います。目と目を合わせなくちゃいけないということではなく、相手の存在や、生きてきた今に至る背景をバイブレーションから感じとるということが、すごく大事なんですね。やっぱり、自分のことを深くまで感じられていないと思ったら、相手の体や魂はその瞬間に閉じます。親子関係もそうですよね。子どもが何を感じているのかを無視したまま「学校に行かなきゃダメ」とか、感じるより先に言葉が出ちゃったりすると、子どもは心を閉ざしてしまう。あるいは親が時間に追われてて、親自体が自分を無視してしまうこともあるはずなので。だから絶対にその時、その現状の流れの中の自分や子どもを無視しないで、スジを通してちゃんと感じるということをすごく重要視していれば、それだけでもう、その人の本来にチューニングされていくと思います。

吉本　物語にも、固有のトーンというか、その物語自体の魂というのがあって、書いているのは私だけれど「やっぱり、ここはどうしてもこうだな」というところは、私が決めているんじゃないなという感覚が常にあります。そういうところは、どんなに直されても、元に戻しちゃいますね。「この繋がりはおかしいんじゃないの？」と言われても、そこはそういうふうになっていないとその先が流れないみたいなことってあるから。それはテクニックとかじゃなくて、それを無視して、もし違うことをすると、その物語自体の命がなくなっちゃうので。どんなに説明しても、わかってもらえなかったりするし、読者にもわからないかもしれない。でもとても大切なこと。物語の魂にとって、すごく大切なことなんです。

なんで自分が苦しかったのかがわかった

吉本　プリミさんと知り合う前に、プリミさんの最初の本『樹《じゅ》ぴター』を読んだ時も、そういうことを感じました。あれこそ修行じゃないですか。素直に上にバーッと繋がってなくて、横からのノイズとすごい戦っている時期というか、横からいろんなものが引き留めている、その葛藤《かっとう》がそのまま書かれていて、これはきついなと思って。

プリミ　修行というのは好きではないので、ぼくは直面していることを、ある意味、超ドMのように、楽しんでしまっている感覚とかもあると思うんです。二十五歳の時に電柱にぶつかった瞬間、脳や全身全霊の機能が大幅にアップデートされたのだと思うのですが、自由に働き過ぎていたために仕事も翌日クビになり、あの世とこの世とか、いろんな次元を具体的に意識があるまま体験ツアーするような生活が始まり出したんです。『樹ぴター』は、いわゆる自動書記なんですが、それが始まると同時に毎日霊夢を見るようになって、夢で起きたことはすべて感情も心理も細部まで記憶できるようになっていたので、夢日記みたいに事細かに書き記していったんです、スウェーデンボルグのように。最初のうちはいろんな次元のものがあっちからもこっちからもすごい勢いで来てしまったので、それがそのまま文章にあらわれちゃってる。

吉本　いやあ、読んでても、きつかったです。

プリミ　でも不思議なのは、それらが堰《せき》を切ったように来ていて最初のうちは恐ろしさや嬉《うれ》しさやあの世と繋がったという高揚感があったんですが、それらに振り回されるという感じは最初からなかったんです。また、その状況を取り仕切っているのが高次の存在かどうかというのも最初から見抜ける感じで、その見極めには揺るぎない自信がありました。だからあれは、いろんな次元のものが同時に無数に来ても、ぼくが情報処理をどのくらいできるかを、宇宙コンピュータが確認していたのだと思います。のちに宇宙マッサージをするにあたって全方向から、あのタイミングで、本格的にアクセスしてきたんです。さまざまな人の輪廻転生のアルゴリズムや、宇宙や地球の霊たちのデータを、莫大《ばくだい》に投入して、ぼくの処理能力をチェックしていたのじゃないかと感じています。いろんな意味であの年齢、あのタイミングだったのでしょう。今、いろんな人生の状態の人が来ても瞬時に宇宙マッサージで対応していけるのは、あの時期の体験がとても大きいのだと思います。今思い出すと、電柱にぶつかる前に正式にUFOが挨拶しに来たんですね、環七の道路沿いで。あれもこれから、そういう道が本格的に始まるというのを予感していたのではないかと思います。

吉本　あれを読んで、自分がなんで苦しんでいたのかがよくわかりました。私も高校生くらいから大学を卒業して数年の間、とにかく苦しかったんだけど「あ、なんだ。あれって自分がメンタル病んでたんじゃなくて、いろんな霊がうるさかったんだ」と。人ごみに行くと、うるさくてうるさくて、もうおかしくなっちゃうみたいな感じでした。私の場合は、卓越した現実対応能力があったから「とりあえず百メートル歩こう、そうすればあそこまでたどりつく」って地図を見て歩くみたいな対応の仕方をしていたんです。私はドMじゃないので、修行としか思えずつらくて、でも今思うとそれで強くなれているんですよ。その時はわけがわからなくて、きつかったですね。私は作家だからどうしても比喩表現になっちゃうんですけど、たとえば私の持っている苦しみが森の中をさまよう感じだとしたら、プリミさんの場合は、もうちょっとなんて言うのかな。「あ、また祠《ほこら》がある、ここの村は祠がいっぱいだ」みたいな感じの苦しみなんですよね。うまく言えないけど。お互いにその時期だったら、会っても、たぶん響き合わなかったんじゃないかな。渦中にあったら、お互いを助けてあげられないし。

プリミ　『樹ぴター』の自動書記は、特に前半はぼくは観察者としていました。ぼくはそのいろんな層の霊たちが寄り集まる様子を体感しながら観察していた。ぼく自身は距離感を持てていたので、ぼくが自覚していない苦しみを案じてくれている大いなる存在が、ここまで丁寧に親身になって案じてくれるということに対して感動の方がむしろ大きかったし、とても心強く、今思えばその感触は、愛を感じていたんです。その時点では愛というものを今ほど明快には認識していなかった。あそこまで繰り返し言霊を介して愛をそそがれる体験もなかった。ずっと何があってもだいじょうぶと言われ続けたんです。そして当時二十五歳の人が、通常、書かないであろう「うつくしき日々にきずきまし、かの彼方のおぼろげに、非道きみちすじあらねどもまた楽しからずやうたかたの、衣にすがるお人あらずや。」ではじまるような現代語ではない美しい表現があらわれていることも、ぼくにとってはとてもモチベーションのあがることでした。

吉本　その期間はとても大切で美しかったんですね。私の場合は、小さい頃からそうだったので。それでもうちょっと楽観的でいられたのかもしれない。当時はネットもなかったので、本を読むくらいしかできなかったけど、どこかに必ず私と同じように苦しんでいる人がいて、同じような切り抜け方をしているはずだと思っていましたね。だからそんなに孤独でもなかったし。

プリミ　ぼくは一人っ子で一人でいがちでしたけど、人と集まるよりも孤独の方が好きで、楽観的は楽観的でした。幼稚園や遊び場が神社の境内だったり、一人インタビューを通してハイヤーセルフや神様などと一緒に答える感覚が自然とあったから、宇宙と繋がる感覚は小さい頃から持てていた感じがします。それと二歳から十一歳の頃、祖父母に育てられたことも大きかったと思います。祖父母が鍛冶屋さんをしていて、鉄が火にかけられてナタやクワになっていくのをずっと観察していました。鍛冶屋さんの技術を通して祖父母の魂が、鉄と火と水と風で美しく磨かれて生成していくように高純度だったことも、今に至るのにとても大きく影響していると思います。

吉本　ほんものの錬金術ですね。でも私にとってはとても楽観していられるような状況じゃなかったです。命に関わるような状況です。だって善意の霊ばかりじゃないもんね。自然の恐ろしさは確かに怖いことは怖いけど、まだ耐えられるんです。たとえば、悪い感じの海とかがあって「手を入れたら終わりだな」みたいな感じがあっても、意外に対応の仕方がわかる。それよりも私がわからなかったのは、歴史の恐ろしさというのかな。初めてヨーロッパに行った時など、何家と何家が戦っていたみたいな場所が当時のまま遺《のこ》っていたりするじゃないですか。ヴェネツィアに行った時は厳しかったですね。街の歴史が重すぎてしまって。遺跡なら全部厳しいかといえば、そういうわけでもなくて、ギリシャは全然平気。エジプトとかもそうだけど、哲学だったり、儀式だったり、人々が知恵をつかって魂を高めて、低い波動から守るノウハウがすごく発達している土地だと、そこにチャネリングすれば私には何事も起きないんですけどね。守られている感じもしますし。

プリミ　『樹ぴター』の頃に、あらゆる霊がぼくのところに具体的にひっきりなしに大袈裟《おおげさ》でなく天文学的に大量に来て、それでも巻き込まれないという自信が、宇宙マッサージをできる自信になっていると思います。その自信には前世でしていたことも、大いに影響しているとも思います。この間、剣山《つるぎさん》に行った時も感じたんですけど、魂が憶えている場所に行くとハッキリわかります。特にぼくの場合は地球上でいえばＵＦＯが関わっていたり、シャンバラやアトランティスの技術がつかわれているようなところで感応しやすいのですが、そういうところに行くと宇宙のバイブレーションゾーンに自分が溶けてしまって、浴び過ぎて「もう地球ですることないな」って気分になって地球にいたくなくなってしまうくらいなんです。それでも地球にいようと再び思いなおせるのは、当時も今も、このぼくらの住んでいる地球という星の表面に、物質として営みを育んでいる意味や本質に、より精通することを望んでいるからなのだと思います。ぼくの身の上に、電柱にぶつかることが起こったのは、今思えば、地上でより宇宙や愛の本質を伝える新しいシステムをつくり、これまでの輪廻転生システムよりも時短で、地球のカルマを解放していく時代がこの先くるのに必要なことだからで、この先の、ぼく自身の、地球での人生を進んでいった時に、この経験を通して、必ず地球や宇宙に活かされていく何かがあるはずだということが、直感できていたからだと感じます。

つらいことが起こっている時が、変わるチャンスになる

プリミ　宇宙マッサージを始めて六年目になるんですけど、六年の間に二万人以上の方たちと直接会って触ったことになるんです。宇宙マッサージって、本当に魂と魂が直《じか》に感じ合うみたいなものなので、これもやっぱり輪廻転生というか、今世で会うべき人たちと再会してそれぞれにとって必要なアップデートをしているんだろうなというのも感じています。

吉本　二万人というのはすごいことですよね。

プリミ　宇宙マッサージを始めるまでは、人の体に触るってこと自体、ほとんどなかったんですよ。パートナーに触ることはあっても、人に触るのを仕事にしていくとは思ってもいなかった。最初は本当にたまたま始まったんです。クラブでイベントを頼まれて、誘っていたマッサージ師さんが当日来なくて「じゃあ、ぼくが代わりにやります」と。

吉本　宇宙の采配があったんですね。

プリミ　そう。だから初めて宇宙マッサージをやった場所って、クラブだったんです。だから最初はギャラリーがいる中で始まって、見てる人たちが「私も受けたい」「私も受けたい」って言ってなぜか最初から行列ができて、どんどんやっていくという感じでした。その状況がいまだに続いている感じです。だからインターバルを置かないで、どんどん連続でやっていく今のぼくのスタイルも、最初からなんです。それってＤＪが曲から曲へと音を繋げて、ＭＩＸしながらグルーヴをつくっていく感じと、すごくシンクロしたんだと思います。そのスペースのそのタイミングで始まった理由とか因果は、かならずありますよね。ＤＪもフロアにいる人たちをいかにバイブレーションで踊らせるか、いかにグルーヴをつくるか、どういう宇宙の流れをバイブレーションで音と音を繋げながらつくっていくか、を仕事にしているから、最初の段階でこの上なく相性が良かったことがいっぱいあったと思うんですよね。

吉本　基本的に踊りに来てる人たちだから、体も心も開いてる状態だしね。

プリミ　そうですね。開き方も自分で知っている人たちだったし、特に特殊な感度の高い人たちがいっぱい来るクラブだったので。そこのオーナーはニューヨークにずっといた人で、いろんな感性の鋭い人たちと交流していたから、ぼくのことも最初に会ってしゃべった時から本物だと思ってくれたようでした。どこのスペースでやってもそうですが、オーナーさんとか担当する人の感性やバイブレーションの認識が深いと、自然とその感性に感応した人が集まりますよね。友達になったり、親しくなったりする人はそういうことだと思います。ぼく自身でいえば、しがらみが生まれやすい友達というくくり自体が必要ないと思っていたんですが、クラブでのいろんなパーティで、感性の合う人たちと出会っていくうちに、初めて友達といえるような人たちに出会えたような感覚もありました。最初に宇宙マッサージをした五人くらいの中に、生まれながらの肩こりで、ありとあらゆるマッサージとかヒーリングを試してみたけど、何をやっても効果がなかったという人がいて、アフリカの骨をこすりつけて膿《うみ》を出すみたいなことまでやったけど現地の人に諦められたという人に「生まれて初めてラクになりました」って言われて、直感的に「これはやる意味がある」と感じたし「宇宙マッサージをすれば展開していくものが必ずあるはずだ」って強いビジョンが見えました。それからそのクラブでやっていくうちにいろんなイベントとかパーティに呼ばれるようになって、ものすごい勢いで広がってしまったんです。

吉本　最初に見えていたんですね。そして理屈で考えずにその直感に従った。

プリミ　そうですね。クラブだから、ＤＪもいれば、業界の人もいるし、アーティストやデザイナーなどを中心にいろんな人がいて、美大に行っているような学生とかは、お酒飲むくらいの小銭しかなかったりするんだけど、感性がとても高いから、同じスペースにいるだけでどんどんバイブレーションが感応していくんです。こういう子たちが、もし宇宙マッサージを受けたいと思った時に、値段設定が普通にあったりしたら受けられない可能性が出てきますよね。宇宙の流れがそこでお金によって寸断されちゃう。一時間いくらみたいに決めてその枠の中で収まるような人だけをやるんじゃなくて、その人の価値観と感性や生活状況で決めてもらう。それこそ富豪が島をくれてもいいし、小銭しか渡せなくても出世払いします、と言ってくれたりするのも、すごく嬉しかったりする。そこには確実に愛が生まれているのを感じられたし、ぼく側からしたら福袋みたいな設定だから、飽きることなくワクワクしながらできるんじゃないかって、最初から、そのくらい振り幅のある設定にしたんです。この値段だからこのくらいのサービスをということもマンネリ化の原因になってストレスになるはずですけど、クオリティに対して感じたお金をいただくという設定も、クオリティが上質であればあるほどお金も増えるということなので、とことんクオリティをあげていく楽しみもある。お金っていうのは、我慢したり気をつかったりしてつくるもんだということに社会全般はなっていますけど、ぼくの場合は、とにかくハイクオリティな愛をつかえばつかうほど、それがお金になっていくという設定にした。こういった設定のプログラミングの精確さが、現実にすべて如実に反映されていきます。

吉本　最初の設定が大切。

プリミ　そう。だからぼくはもう、お金に関しても最初から自由料金。最近は宇宙料金と言うことのほうが多くなりましたが。感じた愛をお金にしていただく。その設定を伝えたうえで、皆さんがどういうようなお金を渡してくれるかでその方の感性や性質なども洞察できるから、地球人一人一人がどんなお金の状況にいるのかも把握しやすくなります。その日の宇宙の流れでいくら入ったのかというのもチェックして奥さんに青色申告をしてもらってます（笑）。

吉本　青色申告（笑）。

プリミ　その設定で自由料金をやり続けてみたら、こちらが設定を明確にして、宇宙マッサージを通して愛が上質に広がれば広がるほど、愛のバイブレーションのお金がいっぱい入ってくるし、それでちゃんと仕事として成立する。大事なのはただの投げ銭ということにせずに誤魔化しの利かないクオリティありきにするということです。そうすることでとことんクオリティをブラッシュアップすればするほどお金も自動的にあがっていくということにも繋がって、お金に縛られてルーティンになってクオリティやモチベーションが下がったり、飽きるのを防げます。クラブでのパーティはすごいLOVEな状態になるパーティもあれば、そうでもないパーティもありますけど、愛が生まれてくる、感応し合って、どんどんいいグルーヴが広がって響き合っていくパーティといえるものは確実にあって、その感覚って、宇宙マッサージをしているのと、とてもシンクロするものがあります。一度愛を交わし合えた人は、また会った時にその交わし合えた愛が会った途端によみがえって、一瞬にして喜びが湧き出してきます。そこに会ったことのない知らない人たちが居合わせたとしても、愛のバイブレーションの場合は疎外感などはなく、しがらみや、なあなあからも解放されて、いい距離感のまま、変に仲良く振る舞わなくても、自動的に感応し合って、大きい意味での愛のグルーヴみたいなものをつくっていくことができます。そこで感じたことを自分で日常に帰ったあとも愛のゲートを制限しなければ、際限なく広げていけるのを感じてます。社会にもどったら愛をつかうのは無理と決めつけている思い込みだけが、感じた愛を失わせている原因といっても過言ではないです。去年くらいからハワイ、ニューヨーク、マルタ、エジプトと海外に行く機会も増えているんですが、だいたいばななさんが行ったことがあって小説にも書いているところに行く流れになることも多いので（笑）、お会いした時とか、メールとかでいろいろお聞きしたりもするんですが、人間ってコンピュータと同じように互換性や親和性でアップデートされて、必要な情報が交流するので、ばななさんがこれまで行って体や脳にインプットされた情報で共有した方がいいものがダウンロードされたりしているのだと思うんです。いろんな方の宇宙マッサージをしていると、そういう使者を連れてくるような人が、タイミングよくいらして、ぼくをご招待してくれます（笑）。ハワイに最初に行った時も、カメハメハ大王の生家近くのヘイアウから連れ帰ってきた霊が宇宙マッサージ中にぼくのところに入ってきて、その後思いもよらぬルートでハワイ島に行けることになりましたから。ちゃんと愛をつかって仕事をすれば、愛の縁がどんどん縁を呼んで、より愛の状況をつくる可能性があらわれてくるし、魂も喜べる状況が設定とプログラミング次第でできていく。

吉本　そもそも仕事とか、行くようになっている場所って、そういうものだったはずですよね。自分ができて、人にできないことがあったら、それを愛をもって世の中に出すという。すると人が反応して自然に道ができていく、というね。そういうのを現代の人が見失ってしまうのは、やっぱりつらいことだと思いますね。

プリミ　宇宙マッサージを受けに来る方には、もう、本当にいろんな方がいて、老若男女、中にはずっとつらい思いを抱えてきた人もいます。たとえば生まれてすぐに亡くなったお子さんのことを四十歳、五十歳になるまでずっと引きずってしまって、いろんなカウンセリングを受けたりもしたけど、解決できなかったのが、宇宙マッサージを三十分受けたら「あの子は来てすぐ亡くなってしまったけど、それは宇宙から借りた命を、返しただけだとわかった」と。その時もぼくは何も言わないし、聞いたりもしないでやるんですけど「これまでわからなかったことがやっとわかった」と号泣されていたと、後で聞きました。魂というのは、地球に物質としてあらわれる時に、この両親、このシチュエーションに行くと決めて目指して来るんですね。宇宙から来る命は、どんな状況に生まれ落ちようとも愛を伝えに来てると思うんです。地球に来た命は、流産されたり、中絶されたり、いろんな死に方を地球で経験していきますけど、たとえ親に殺されようとも、殺される瞬間まで愛を親に伝えるために魂が来ているはずなんです。あるいは、それがニュースになって、そのことについて多くの人が考えたり、心を痛めたりということにも愛の意味があります。どんな魂も、最初は愛を伝えるために宇宙から来た。宇宙マッサージをすると、そのことを思い出される人も多いと思います。ぼく自身も宇宙マッサージを通して、愛を伝えるために地球に来てるっていうことを、ますます実感しています。

吉本　この親、自分とは合わないなと思っても、自分が選んで来たんだもんね。ただ、どんな状況でも、人間ってすぐ順応してしまうから、愛がないのが普通という状態が続くと、自分も自分を愛することをやめてしまうということが意外にたやすく起こる気がしますね、社会の中で。『ナニワ金融道《きんゆうどう》』で普通のお嬢さんがむりやりソープに沈められてしまっても、すぐ慣れてしまうというエピソードと同じじゃないですかね。自分を愛することを忘れ、それに慣れてしまい、魂を取り戻す道の途中にいる人も多いと思う。

プリミ　ぼくのところに来る人たちの多くは、ほとんどの人がもう愛しかないということに気づいている状態で来てるんだと、よく感じます。愛で生きることがすべてなんだと、まだ気がついてない人は、ぼくのところにはあまり来ない。

吉本　来ないかもしれないですね。あるところまで自力で行った人が自然に来る。

プリミ　すべての縁というのは、嫌な縁も、拒否して断ち切っても違う形をとって、嫌さが倍になってあらわれたりしますが、どうして繰り返しあらわれるかというと結局は自覚していない魂の問題を浮き彫りにしようとしてくれている愛のメッセージです。愛がありとあらゆる現象にあるとメッセージをしてきていて、どんな境遇にある人も、いつかは必ず愛に縁ができるようになっている。もしかしたら「私は今、愛が空っぽで空白です」と思っている人もいるかもしれない。でも愛の手がかりは目の前の現実に、しっかり宇宙が用意してくれてます。それは、時には、病気や事故というかたちをとって。

吉本　誰にでも潮目が変わる時があって、それに気づくのって、だいたい悪いことが起きている時ですよね。自分が安定していると思っている状態だと、なかなか目を開きにくいから。ショックなこととかつらいことっていうのは、すごく大きいチャンスでもある。たとえば会社を突然クビになっちゃうとか、そういう衝撃的につらいことっていうのは、目を開く大きなきっかけだなって、よく言われることですけど、本当にそうだと思います。地震のような大きな天災もそうだし、あるいは転勤のようなよくあるきっかけでもいいけど、自分がそれまでと変わった状況になった時に「あれ？今まで何やってたんだろう」って気づくのって、とても大事だと思う。まず気づこうって意志を持ったところから、何かが始まるような気がします。起こる出来事も変わってきますしね。

プリミ　信じられないことが自分の身に起きていても、それ自体が愛のメッセージにもなっている。たとえ些細《ささい》なことでも、それまで自分が信じていたことと違うことが起きても、自分の意志で新しく信じるに値することを起こせることに気づけたら、そこから変わってきますよね。

吉本　うん。まず違うことをしなくなります。「一応、顔出しとくか」みたいなところに行かなくなったり、義理とかしがらみに縛られた行動をしなくなったり。食べ物や服装も変わってきたりして「待てよ。こんなちょっとしたことを変えただけでこういうことが起きてくるってことは、もしかして」というふうに思う時が、変われる時、自分に戻る時ですよね、きっと。

溜めちゃう、我慢する、気をつかうことが、魂を蝕んでいく

プリミ　もし声に出して「愛してます」とか感じのいいことを言ってたとしても、内側で思ってなかったとしたら、発言との違和感やギャップがあればあるほど内臓や細

胞や脳や骨に、いい流れに水を差すような不具合を起こす情報としてしみ込んで刻まれていきます。自分はそんな状態に慣れているから聞き逃せても、宇宙はそのあたりを片時も聞き逃してくれない。そんなことを繰り返してしまっていると、本当に実現したいことや、大事なことを伝えたい相手に対しても、ちゃんと自分の意志が純粋に伝えられなくなってしまう。それが喉や首や肩まわりに硬く詰まってしまっている人が多い。そうやって自分自身の本当の思いを押しとどめていたら、アンテナがフリーズして自分の本当の声の発し方、喉の震わせ方がわからなくなってしまう。だから、もし今、これを読んで気がつけたのなら、なるべく今すぐお風呂とかに行って声を出してみるといい。体と、自分の意志と、声に、違和感があるなら一体になるまで声を出し続けてみるといい。

吉本　生活の中でも思った通りにバーッとやっちゃって「あー、スッキリした！」っていう方がいいかも(笑)。

プリミ　溜めちゃう、我慢する、気をつかうっていうのが、魂をものすごく蝕むし、自分へのリスペクトを失わせる原因になるから、人をワザと怒らせて、相手が爆発したら自分もそれ以上に大声で怒鳴り散らすとか(笑)。これを成功に導くには、前もってケンカはデトックスだということを認識し合っておくことが必要ですけどね。

吉本　表面的には穏やかにやっていても、人間と人間って、やっぱり必ず溜まっていることが互いに伝わっているものだと思う。私も、しょっちゅう「なんかいやだ問題」にぶち当たるんですけど、たとえば担当医が合わないなら思い切って病院を変えるとか、ケースに合わせていろんなやり方でしのいできたんです。その都度「なんかいや」と感じた理由は違うんですけど、とにかく自分の直感を無視しないようにしてきたつもりなんです。

プリミ　そこでその微細な違和感をスルーしないって最大級に大事なことですよね。

吉本　些細なようですごく大事だと思う。「なんか、わかんないけどとにかくいや」みたいなネガティヴな感情って、周りに伝えづらいから、自分で否定して、なかったことにしてしまったりとかね。感情とも言えないような、かすかな直感みたいなものだと、なおさら。でも言葉ではっきり伝えることだけが、自分の態度を示すことじゃないですから。「なんかいやなんだ」ってことは、態度とか居心地の悪さでも示せることだし「あなたのことがいやだから」じゃなくて「この場にいるのがなんか合わないから」って言ってもらえれば、別にそんなにショックではないはず。「こうは思ってるけど、あなたのことは認めてるよ」って相手のことを認めてあげれば、それを口に出して言わなかったとしても、わりとデリケートに伝わるんじゃないかなと思いますね、意外に人間同士って。

プリミ　ぼくはどんな新しい出会いに対しても初期設定をもっとも大事にしているんです。初見で全部見極めるといってもいいくらい。それがその後の関係のすべてを決めるといっていいですから。たとえば初めて一緒に仕事をする相手がいて、もしお互いにとって本当に意味のある、いい仕事をしたいのなら「ぼくはこういうスタンスでいます」ということを最初に全身全霊で全部はっきり伝えます。それでわかり合えないのならやめる。そこでズルズル行ってしまえば、必ず不具合が起きてお互いや、仕事自体にストレスが生まれます。そのストレスはその仕事の隅々にまで響き渡る。

吉本　初めの直感みたいなのって本当に大切で、何回言っても言い過ぎじゃないくらい。自分に嘘《うそ》をついていることが度重なると直感は鈍ります。「そうはいっても、なかなか直感通りには生きられないんですよ」みたいな意見もよく聞くけど、そんなことはなくて。それこそ宇宙は、そんなふうにはできていないような気がします。

プリミ　結局は最初の直感が一番、正しいですね。その直感を活かすべく、それが二倍にも三倍にも現実で活かされていくように設定をどんどん追加してプログラミングしていく。

吉本　自分に正直に生きるってことと、ちゃんと社会性を持って生きていくということは、別にどっちかを選ばなきゃいけないことじゃなくて、ちゃんと両立できることなのにね。そうやって、世の中の常識だと勝手に思い込んでることに自分を合わせていくことばかりしてるから、初期設定がおかしくなっちゃう。

プリミ　自分で勝手にそうしちゃってるんですよね。直感を無視しないで生きることと、ちゃんと社会性を持って生きること、これは両方とも同時にできるって初期設定にしちゃえばいいんですよ。

吉本　自分が何に縛られているのか、刷り込みに気づくことも大事ですよね。自分の考えだと思い込んでることも、社会的な洗脳だったりするから。たとえば外国に行くと、日本の常識がまったく通用しなかったりするでしょう。日本では、そんなことをするなんてとんでもないと思われていることが、むしろいいことだと思われていたりする。そういうのを見ると、自分は一体何に縛られていたんだろうって、なんだかバカバカしくなるみたいなことが、私は、いっぱいありました。

プリミ　ぼくは、子どもの頃、いとこから学研のまんが伝記シリーズをもらって、結構読み込んでいたんですけど（笑）。伝記になるような偉人たちには、誰一人、常識人っていない。常識からはずれた人ばかり。それは当然で、それまでの常識を打ち破ったからこそ、偉大な仕事を成し遂げることができたんですから。

吉本　どちらかっていうと奇人変人ばかりですよね（笑）。

プリミ　ホントに（笑）。エジソンのライバルで、社会的に受け入れられなかったせいで、異常な科学者あつかいされちゃって、伝記もほとんどないニコラ・テスラとか大好きです。今の電気のシステムをつくった人だから、みんな知ってるのかもしれないですが、この間ヒストリーチャンネルというスカパー！の番組でテスラの本当の知られざる業績を特集していてものすごい衝撃を改めて受けて、この人を超えていくにはどうしたらいいのか、真剣に自分を見つめ直しました（笑）。で、愛のエネルギーを電気のようにつかえるようにしていくビジョンをより現実的にしていく必要をより強く、感じたんです。ガソリンスタンドがラブスタンドになって車が愛で動いたり、ドライヤーが、持っただけでスイッチを入れなくても愛をつかえば動くというようなテクノロジーのビジョンです。せっかく小学校で偉人ものを読まされても、同じ義務教育の中で矯正されて、常識人になることが何よりも大事みたいに思い込まされちゃうのって、人権を無視して、中心を失わせて、自信を奪って、愛を消し去るとんでもないことです。たとえ枠からはみ出していたとしても、本当に自分自身の魂をちゃんと生きるということは間違っていないんだ、自分のスジを通すことの方がよっぽど尊いんだということを見失わないでほしいですよね。

吉本　今の三十代くらいの人たちはもう、周りに振り回されているうちに、自分のことがわからなくなって苦しいというんじゃなくて、そもそも土台となるはずの「自分がない」っていう若い人が増えてるんじゃないかって感触があります。好きじゃないものに囲まれて暮らしていることにも気づいてないし、好きじゃないものを食べてることにも気づいてないし、好きじゃない仕事をしてることにも気づいてないみたいな状態の人が多い。「なんかちょっと違う」っていうのはあるんだけど、起点になる自分がないから、どうしていいかもわからない。おかしいことになってるってことだけはわかるみたいな。

プリミ　そういう人も増えてきているなかで、戦後七十年で、日本はアメリカに骨抜きにされてきたみたいなことをよく言われますけど、実は宇宙的視点で見ると、憲法第九条の内容が日本にだけ採用されてきた意味が今の二十歳くらいの人たちから結実しているのじゃないかと思っているんです。いい意味で力みが抜けて宇宙のフリーエネルギーと繋がれるように地球上のどの国よりもいち早く開花しているんじゃないかと。オリンピック選手を見ればわかりやすいですが、他所《よそ》の国よりも十代、二十代で段違いの能力を発揮している人があらわれ出しているじゃないですか。あれは日本が憲法第九条を七十年続けてきた結果、上の世代にあったしがらみみたいなものが解けて、チャクラなどのエネルギー構造がちゃんと機能している状態で、素直に宇宙に直結できる魂が出てきてるんじゃないかってことをすごく感じているんですよ。言われたことを、ただただやってしまうのではなく、戦争などに脅かされず好きなことをとことんやれる、安心できる環境が、ようやく戦争から三世代をへて、勝ち負けや使命感以上の、好きなことをとことんできるよろこびのようなヴィジョンでできる人たちが、あらわれてきているとおもうんです。

吉本　骨抜きになっただけでなく良い面を眠らせて保存した……みたいなところも感じますね。上の世代は、もっとスポ根みたいな感じだったもんね。初期設定がそれだと、いっぱい練習して、たくさん努力して、苦しんで苦しんで限界を突破するみたいになっちゃうんでしょうね。

プリミ　それとは、スコンと設定が違う感じがしますよね。駅伝の青山《あおやま》学院大学の選手たちを見ても、勝ち方の抜け方がこれまでと違いますよね。もちろん日々技術を磨いてるだろうし、苦しさもあるとは思うんですけど、でもそれはスポ根的な力んだものとはまったく別のものというか。

吉本　千本ノックとかうさぎ跳びではなくて、今のもっと若い人たちは直感と共に生きられるところがありますね。そこは大きな希望です。「自分がない」のではなく、

「自分しかない」から逆にまわりと調和できる。

プリミ　そう。根性とかじゃなくて、宇宙のエネルギーを、体幹などをブラッシュアップして効率よくつかう感じで。もともとアスリートの人たちって、結果を出す人たちは、限界を決めないで、技術を磨いて、自分のことは自分で見極めるみたいなところがありますけど、磨き上げた技術がフリーエネルギーのゾーンに入ると、爆発的にその能力を発揮する可能性があるのが全体的に証明されてきていますよね。みんな重みよりも軽みがある。

フリーエネルギーのゾーンの状態になると、人間と地球と宇宙の分け隔てがなくなって、自分の意志を超えたエゴのない世界線がたちあらわれながら、自分の意志もこれまで以上にクッキリと明確に体感できてしまうことへのよろこびだけになるのではと思います。それこそ重力から解放されるような、記録とか名誉とか地位とか一切関係のない、すべての生命の区切りもなくなり、集中して追いこんでいくのでもなく、とめどもない自由なインスピレーションが全身全霊をめぐって、自分自身のすべてのバランスが過不足なくなる、満たされた瞬間の連続になる。

ゾーンの状態では、森羅万象に標準装備されているチャクラとかグリア細胞とかが、超絶調子がよく、滞りなく機能しているのだと思います。そこは超快適で、宇宙タイミングですべてが進んで、シンクロニシティしかないようになります。全人類、全地球、全宇宙の森羅万象にゾーンがあり、いまだ充分につかい方が開発されていないエネルギー資源といってもよく、マイニングできる技術があれば、どこにいてもつかえるようになるでしょう。きっと量子コンピュータがスマホになる頃には、人類に普及していると思います。

吉本　それが人類の持っている本来の力ですし、個々が進化して幸せになるためにあるものですよね。日本人は昔からそのことを魂で知っている気がします。水泳とかリレーにしても、体格だけ比べたら、外国人の選手の方がずっと恵まれていたりするのに「どうやって勝ったの？」っていうケースがありますよね。筋肉とか技術だけじゃ、とてもじゃないけど説明できないみたいな。それこそ「ワープでもしたの？」って(笑)。心と体と宇宙の流れが一体となる感覚を知ることは、自分を知ることでもあります。

プリミ　日本人ってもともと全員シャーマンみたいな種族なんじゃないでしょうか。神道が宇宙と、地球中枢のエネルギーに繋がる技術を新鮮さを失わずに現代に至るまでアップデートし続けてきている。伊勢《いせ》神宮《じんぐう》や出雲《いずも》大社《たいしゃ》などの遷宮のシステムは常に二十年と六十年ごとに新しいOSをインストールして、バージョンアップしていく地上にも対応している。神社というのは宇宙や地球中枢と繋がるフリーエネルギーのコンピュータで、祝詞《のりと》を入力すれば宇宙のコンピュータと繋がって、訪れた人にダウンロードが起き、舞や神事によって神社自体のアップデートも日々し続けている。それがいよいよ、個人レベルで、スマフォを一人一人が持つのと同じように、誰でもフリーエネルギーにアクセスできる状況になってきてるんだろうと思います。検索ワードを入力すれば、必要な情報がたった今、誰のもとにもいくらでもあらわれるように、宇宙コンピュータに初期設定をちゃんと入力できれば、必要なインスピレーションとしての宇宙情報が現実にあらわれる。実現に向けての必要なことが、個人をアップデートしていくことで、地球と一緒に無限バージョンアップできていく感覚を感じます。この七十年で日本が世界をリードしていくように計らわれたんじゃないかと、神社と最新テクノロジーが共存している東京に住んでいると感じられてきます。量子コンピュータや量子もつれなどの分野でどれだけ世界に先行してゆけるかにもよるとは思いますが。

吉本　そんな気がしますね。ゲーム世代が生まれたことにも何か意味があるのでしょう。初期設定を変えれば、物語が書き換えられるって感覚がしみ込んでいるのかなって。生きてるってこと自体が『ポケモンＧＯ』みたいなものだから。ここに行ったらあれがあるってわからないのに、自分の感覚で行ってみたらちゃんとあるみたいなね。子どもたちを見てても、すごく思います。いともたやすくユーチューバーになってたりするのを見てると、なんかいい時代だなって。

プリミ　ぼくもカウアイでもエジプトでも『ポケモンGO』をしていました（笑）。ニイハウでし忘れたのは悔やまれますが。生きてるとその都度、いろんな問題が起きてくるし、それによって気持ちも目まぐるしく変化していくじゃないですか。だから初期設定も、中心のスジは通しつつ、必要なら瞬間瞬間、刻一刻とプログラミングを変えていけばいいんですよ。

吉本　その時が来れば今が設定できるタイミングなんだなって、わかりますよね。自分ではある意味、選べないというか。自然に変わる時が来たって自分でもわかるようになると思います。そうしたらもう変わるしかなくなる。「好きなことをやっている」という人も、ラクしてそれをしているわけではない。好きなことに惹《ひ》きつけられていくと、必ず何かちょっと困ったなとか、立ち止まらなきゃいけないハードルみたいなものがあらわれてくる。それを困難ととらえるかどうかは、その人次第。緊張してつらいととらえるか、緊張して楽しいととらえるかで、全く気分が違いますし。

プリミ　必要に迫られてやらなきゃならないことを、苦しみととらえているか、喜びに繋がるものとしてとらえているか。自分がそれに関わる時のプログラミング次第で、その先の結果も、全然変わってくると思います。

自分の初期設定を自覚しよう
宇宙と連動することで、現実は書き換えられる

プリミ　自分がどんな初期設定にしちゃってるのかって、人としゃべったり、自分の発言の癖を観察したら見えてくると思うんですよ。なんかうまくいかないとか、なんか疲れがとれないみたいなのって、ほとんど自分が無意識に発しているネガティヴな口癖などによって自動設定されちゃってるんですよね。みんな、自覚してないから。無意識過ぎていると思うんです、初期設定に。

吉本　私も、いつの間にかQちゃんだったからな、初期設定（笑）。

プリミ　（笑）

吉本　むしゃむしゃ食べて、グーグー寝る。私なんて、Qちゃんの刺青《いれずみ》までしてるのに、自分がQちゃんだって気づいたのって、わりと最近ですからね。やっぱり人間ってわからないんですよ、自分のことは。それまで結構、自分のこと責めてましたから。「こんなに食べて寝てちゃダメじゃないか」って。最初にそう設定したの、それこそ

五歳くらいですよ。でも設定したのは自分。実現してるんだと思って、逆にいい気持ちになって。自分のことをダメだダメだと責めていたけど、違う、これでいいんだ、責めていたのが、いけなかったんだなと思って。だって子どもの頃にあんなに憧れた理想の生き方を今、手に入れてるんだから。でも人間って忘れちゃうんですよ、初期設定をしたことを。そして、自分を責めたり、こんなことじゃダメだと思ってみたりするんじゃないでしょうか。

プリミ　変えたくなったら、初期設定はいつでも変えられる。ぼくが言ってる初期設定って、ＰＣやスマホと同じなので、自覚してプログラミングを書き換えてアップデートさえすれば、ちゃんと宇宙と連動するようになる。設定をちょっと変えたり増やしたりするだけで、たとえば、「を」を「に」に変えただけで、本当に現実が変わってくるので。試しにやってみて、現実を観察すれば感じられてくると思います。

吉本　変える気があれば。私がＱちゃんから君島十《きみじまと》和子《わこ》になる日も遠くないかもしれません（笑）。

プリミ　そういう設定に今書き換えたんですか（笑）。

吉本　してない。全然してない（笑）。でもそのくらい軽い気持ちがいいかもよ。

プリミ　言葉の並べ方だけで設定がブレちゃってる場合も多いんです。なんか癖で自虐的や否定的や批評的に設定しちゃってる人もいるでしょうし。自虐的な人なら、その自虐の部分を変換するだけで、人生の流れが全然変わっちゃいますよ。設定で宇宙が動くんだって発想がないかもしれないけど、本当にもう、全然グルンと変わってしまう可能性があります。設定するなら、単に自分が望んでいることというよりも、自分の魂の本来の姿を自覚して腑に落ちてからというんですかね。自分が本当に納得できてなかったら、ただ掲げても、一向に実現しないですから。

吉本　それって、もしかして私の十和子を指してます？（笑）

プリミ　（笑）

吉本　具体的でいいんじゃないかと思ったけど。一日ぐらい、なってみたいと思うじゃない？（笑）

プリミ　頭だけでイメージした設定というのは、ズレちゃう可能性がある。

吉本　要するに「一日ぐらいこうなったら小説のネタとして面白いだろうな」ということではないんですよね、きっと。もっと魂の底から好きで切実にこうなりたいってことじゃないと、設定にはなりえない。

プリミ　そうですね。設定というのは、より自分にとってリアルなものだと思いますよ。まず本当にちょっとした設定の書き換えで現実が動くっていうのを確かめられたら、あ、これは可能性あるなって、そこからより展開できる設定に変えていくこともできる。本当に具体的に現実が動くってことを観察していけば、設定の変え時も、変え方も見えてくると思うんですよね。それでいうと「縁の流れをつくる」ということが、実は技術的に可能だと思うんです、現状の縁の流れがどのように起きているのか感じ取れれば。ぼくは川の近くで育ってるんですけど、子どもの頃は、毎年夏になると泳いでいました。急流の岩の元には静かなとても澄み切った凪《なぎ》のポイントがあって、凪に入れば流されずに水の抵抗も一切受けない。上から来る流れと下に過ぎていく流れに関係ないかのように休憩できる。そういうところで魚も休んでいる、みたいな場所を体感で知っているのも大きいのかもしれないです。東京などの都会に出てきている人で生きるのが大変だと思っている人は急流の中で凪の場所を見つけられないでいるのかもしれない。ぼくは東京に憧れや気負いなどがなかったのもありますが、東京を息苦しいとか流れが速いと感じたことがない。むしろ設定がどんどん変わって新しく絶えずリニューアルしていくことも、好ましく思っています。それは流れがどうやって流れているのか、凪のポイントから感じていられるので、清《す》んだ視野で流れを感じられるということも大きいのかもしれない。宇宙のエネルギーも流れの中にあるから、流れを澱《よど》ませず、澄み切りながら見る感覚が大事だと思うんです。よく宇宙マッサージを休みなくやって疲れないんですかと聞かれますが、宇宙マッサージ中が一番休憩できると答えているのはそういうこともあるかもしれません。

吉本　自分の力だけじゃなくて、流れの力、宇宙の力も。

プリミ　ぼくは自分自身で「全宇宙と自分は一緒だ」という設定をしています。たとえば誰かが宇宙マッサージによって少しだけ愛になったら全宇宙が少しだけ愛になります。全宇宙が少しだけ愛になったということはぼくも少しだけ愛が増したということになります。その設定で宇宙マッサージを一日十人から二十人していったら、宇宙と繋がる凪のポイントに、どこかの街から流れに乗ってきて宇宙マッサージした人がまたどこかに、自分の街に、流れに乗りながら帰っていく。一日十人から二十の愛の流れがより澄み渡りながら、ぼく自身にも、地球にも増えていく。その愛の流れの帰り道に、ばったり友達や知り合いに会ったら、愛の流れがまた支流となって大きな流れや海に繋がっていく。もっといえば、地球に存在するすべてのポイントは自分だし、全宇宙です。どんなシチュエーションもどんなものも、自分に置き換えられると思う。その設定は本当は地球にいるすべての人にあらかじめあるのだと思います。

吉本　私も、たとえいい状態でも、そこに固定されたくない、変化してほしいという気持ちを常に持っているので、流れに対して自然でいたい。温泉もずっと入っていたら、つらくなるじゃないですか。それと同じだと思うんですよ。「流れがある」「変化する」ということが、やっぱり自然とか宇宙の摂理なんだと思う。それにあんまり逆らうのも違うし、全部を任せちゃうというのも違うだろうし。人それぞれ、今は動く時期、今はじっとしてる時期というのがあると思うので、そういうのを自分でわかっていれば、少なくとも一律にはならない方向に近づけてはいけると思うんですよね。たとえば今、私はすごく動きたいし、動いていい時期だとしたら、旅行したり仕事しても大丈夫だけど、じっとしてるべき時期にすごく動くことをしちゃうと、やっぱり、少しずつズレていっちゃうじゃないですか。そういうことをやっていくうちに、いつのまにか周りにもそれが伝わり、皆が気づいていくんじゃないかなって、私は思います。

プリミ　宇宙の流れと自分がシンクロしているのを実感する。それを実感し続けられれば、宇宙からのギフトは届き続けますからね。

吉本　お饅頭《まんじゆう》欲しいなと思う時に、ちゃんとお饅頭来るようになりましたもん（笑）。小さなことだけど、確実に欲しいものが来るようになると、それが流れにちゃんと乗ってるかどうかをわからせてくれるサインになる。逆に、見逃してる人は、どこで見逃してるかがすごくよく見えるようになってくるから。

プリミ　全宇宙のコンピュータって、そのくらい精密ですから。

吉本　「なんで私って、いつもタイミング悪いのかな」って言う人、いるでしょ。「おなか減ってない時、食事に誘われるし」とか「お金がある時には、みんな、おごってくれるんだけど、お金がない時におごってもらえない」みたいな話を聞いた時に、それこそ設定を変えるには、何がその人をズラしてるのかに気づく必要がある。アドバイスを求められなければ、私もいちいち言いませんけど、そういう人に「あの時、食べたくないのにカレー食べたでしょ」って言うと「え、そんなこと？」とか言われる。けど、そんなことだったりするんですよ。「食べたくないけど、あとの五人はみんなカレーか。悪いかな、一人だけ、オムライス頼んだら」みたいなことが、その人をズラしたりしているんです、意外にね。

プリミ　気をつかって自分の意に沿わない設定をしちゃってるんですよね。その何気ないブレで全体の流れを澱ませる設定がされてしまっている。

吉本　うん。「そうか。あの時こうしたことが、ここに繋がってるんだ」っていうのがすごく見えるようになるので。直感って急にとんでもないことを言ってきたりするけど、それを無視しないで、実行してみるというのも大事なことかも。

プリミ　そうですね。

吉本　たとえば会議中に「いきなり立ち上がってみたら？」「そしてまた座ってみたら？」とか直感が来たら、たとえ頭おかしいと思われてもちょっとやってみると、意外と休暇がもらえたり周りもストレッチして場が良くなったりして（笑）。その休暇で行った先で友達ができちゃったり、転職したりとか、わかんないですよ、その先どう転がるか。直感はよい連鎖を生みます。ただ、その直感って、みんなが思ってるようにズバーンと来るわけじゃなくて、もっとフッと来るから。「柿買いに来たのに、なんでミカン買っちゃったんだろう」みたいなことなんですよね、意外に。「でも直感にミカンって言われたんだよ」みたいな。その直感がなんだったのかは、「次に会った人がすごくミカン好きだった」みたいな証拠が出てくるからわかりやすい。プリミさんが言う通り、「面白い。本当になった」みたいな。設定が間違ってる時は、ちゃんと間違ってるって、自分の気持ちと自分がうまくいかなくなってくるから、それもわかりますよ、ちゃんと。

プリミ　会議中って、真面目にしてなきゃいけないっていう先入観がある人が多いと思いますが、固まっちゃうといいアイデアなんて出てこないですよね。インスピレーションには第七（宇宙情報が直接入ってくるところ）、第六（全宇宙、全地球、全身のバランスをコントロールするメインコンピュータ）チャクラが開いてた方がいいけれど、第一（地球情報が直接入って地上で実行する原動力が生まれる）、第二（行動するときの精神力を生み出す）チャクラも開いてないとそのインスピレーションを実現させるエネルギーが入ってこないから、アイデア止まりになっちゃうんですね。だから、会議中でもみんなにバレないように（笑）第一、第二を開けて感じちゃっていてもいいと思います。会議の途中で「あーん！」とか言っちゃうと勘違いされるかもしれませんが、第三（その人の素の隠れている本心が出る）、第四（心の熱量や安心を生み出す）でみんなのハートを熱くして、第五（言葉にして具体的に伝えたりする、プレゼンに大事なところ）でほんとに自分の意志を澱みなくみんなが腑に落ちるように伝えればいい。少々変な動きを見せても、会社やチームにとって素晴らしい結果に繋げちゃえば、みんな許してくれます。大阪の北新地《きたしんち》でママをやってる人たちを宇宙マッサージした時に、見た目はすごく可愛いのにお客さんが寄りつかない子と、さほど可愛くないのにお客さんが絶え間なく来る子がいて、チャクラを触ると可愛い子は第一、第二が詰まっていたけれど、さほど可愛くない子はアゲマンといえるほど第一、第二が愛のエネルギーが響く感じだったんですね。だからみんなチャクラを知らなくても、見た目以上にエネルギーやバイブレーションを感じとって行動してるんです。そういうエネルギー構造も知っておいて設定を精確にできれば、なおさら直感を活かせます。だから見た目だけの可愛さでモテるんじゃなくて、愛のエネルギーが服を着ているような設定にしちゃうのも大事。

吉本　たとえば心の底からゴスロリの人が、私が着てるみたいなナチュラルな服を着たらうまく自分の愛を表現できなくなる。そのくらい自分の設定って大切。

プリミ　自分の設定が本当に自分の人生をつくる。現実が滞って進まないと思っている人のほとんどは、過去の何かに縛られていたり、未来を心配し過ぎたりして、今にいないことで起きていますよね。過去も未来も先ほどの川の流れのように、「今」から見ることができます。今に居ながら見る過去と未来は、今を手離していませんから、今そのものです。部屋やカフェや電車で、たった今この本を読んでいる。この、たった今は、過去や未来や本に没頭しようとも、必ず自分自身とともにありつづけています。それが自覚できたなら、目の前の現実に、未来や過去の書き換えのサインやタイミングが、フッとあらわれることに、気がつくようになっていきます。

吉本　「食べたくないのにカレーを食べた過去」があるから、タイミングがズレている今があるわけでね。「あの時も、あの時も、私、我慢していたわ」みたいなことが、未来の中に入ってきちゃう。だから本当に精密ですよね。過去のエピソードが、わかりやすく全部出てきちゃう。お饅頭って言ったら、お饅頭しか来ないから。「でもやっぱり羊羹《ようかん》の方が高いから、羊羹にしとこうかな」というのは実現しないから。設定するのに変な遠慮はいらないし、心からでないと。こっちの方が得だとか思ったりもしない方がいいですよね、きっとね。

プリミ　設定に〝よこしま〟が入ってしまいますよね。自覚がないと、気持ち、感情、思考、行動すべて思ったことが自動設定されてしまうから。しかもスマフォと同じように、身体のコンピュータがバージョンアップして高性能になると、より高速におったことが如実に現実に反映されるようになっていきます。身体の機能ばかりがアップしてしまうと、気持ちや感情や思考が追いつかなくて使いこなせない状態になってしまったりします。宇宙マッサージを続けている人で、バランスがおかしくなっているとぼくが感じた場合は、しばらく来ない方がいいです、と言ったりします。

　自分の身体のコンピュータが高性能になっていきながら、使いこなしていく意識のほうのアップデートも、日々のあらゆるシチュエーションを経験するなかで、自分のものにして、使えるようになっていった方がいいと思います。

吉本　現実もまた人の心がつくったものだから、必ず突破口があるはずなんですよ。

　何がきっかけか、何がその人にとっての重要なターニングポイントだったかっていうのも、その人にしかわからないので。それこそカレーかもしれないし。「そんなこと言っても、会社の社食にはカレーしかないし」とか「コンビニも一軒しかない」とか言う人が必ずいますけど、絶対そんなことない。設定さえちゃんとなされていれば、人それぞれ違うけど、何か楽しい解決法が必ずあるはずなんです。朝三十分早く起きて、パン屋さんに行くとかね。突破口に至るまでに、会社辞めなきゃいけないとか、とんでもないことが起きるかもしれないけど、それも含めて「ああ、私にとって突破口なんだな」ってことがあるような気がします。

プリミ　まずは設定しちゃって現実がどういう感じで動くのかを観察すればいいってことです。

吉本　そうですね。私も、若いうちに世の中に出て、しかも早くに売れて、結構お金が入ってきちゃったから、どこに行っても「お前はなってない」「とにかく直せ」ってことしか言われなかったんです。プリミさんが二万人の人に宇宙マッサージをしたみたいに、私も、初めから海外で読まれるということを完全に信じていたから「海外で訳される時に、ここのところはよくないと思ってこう書きました」みたいなことを言うと、編集の人から「そんな海外に訳されるとかって、どれだけ先のことを言ってるんだ」ってすごい怒られたりして。それこそ「そんなこと言うならアメリカ行って修業してこい」「地べたで本売ってこい」ぐらいの感じで言われたんだけど、でも当時から、私は、最悪の場合、友達に訳してもらってでも、自分でコツコツ、海外の書店をめぐればいいんじゃないかと思ってて。デビューして間もない二十四歳の小娘が、ちょっと売れたからって何を言い出すんだって、誰も信じてくれなかったけど、今ちゃんとそうなってる。あの時から設定を変えてないって、こういうことだなって思いますね。

プリミ　当時からビジョンがあったということですよね。イメージじゃなくて、直感的なゆるぎないビジョン。これが純粋な設定です。いずれ現実になります。

吉本　うん。本当に見えたんですよ。アメリカとかイタリアの田舎にいて、自分はちょっと周りとは合わないなって思ってる女の子が絶対に私の本を手にとる。ベッドの横に本棚があって、明かりに照らされて本を読んでいる。そして救われている。その瞬間がもうちゃんと見えていたので、誰がなんと言おうと、だって見えてるんだからあるんだよと思ってましたね。私はなんでもゆっくり考えたいタイプだから、まず体の調子を整えて、それから心の使い方を整えて、周りにいる人も整えてって、一個一個やっていったので、すごく時間はかかったけど、それはちゃんと実現した。でもその時に持っていた自信というのが、三十年の間、怒られ続けると多少はへこんでくるのかもしれない。父が亡くなる前、最後に対談した時に言われたんですよ。書いてるものが澱《よど》んでる、濁ってる、なんか「そういうとこが最近あるね」って。なんでだって聞いたら「それは自信を失っているからですよ」って言われて、「えっ。自信ってどうやって取り戻したらいいんですか」って聞いたら、「そんなの簡単です。今取り戻せばいいんです。今ここで」って（笑）。お父さん、若干ボケてたし、その時は何言ってんだよと思ったんだけど、今になってすごい理解できますね。本当に、その通りだなと思って。

プリミ　今、ここで設定を変えちゃえばいい。

吉本　そういうことだと思います。

プリミ　初めて宇宙マッサージをした時も、お父さんが出てきたっておっしゃっていましたよね。

吉本　そう、お父さん目の前に来ましたもんね。だから私が本当に自信を取り戻すきっかけは、宇宙マッサージだったと思う。その時に、お父さんに会えた以外にも、私、受けようかどうしようか、迷っていたオファーがあって、行ったことがない国だったし、行こうかなって思っていたら、プリミさん、ゴホゴホってなって（笑）。それで「ん？」と思って、やっぱり、やめた方がいいのかな、でも行けば、うちの秘書も喜ぶだろうなと思ったら、またゴホゴホなってたんで、あ、やっぱりなんか違うんだってやめたことがあります。別に何も言わなくても、なんか感じちゃうんでしょうね、センサーが。

プリミ　そうなんです（笑）。

吉本　自分の直感は「これは楽しい仕事じゃないんだろうな」って、うっすらわかってたのに、行ったことないところだからとか、行けばあの人が喜ぶだろうとか、変な欲や頭だけの考えが出る。そういうのって、すごく敏感に体にも出るんだなって。

プリミ　自信のない時ほど欲が働くかもしれないですよね。設定というのは、本当に瞬間瞬間にリニューアルしていけるもの。愛はエネルギーそのもので、とどまることなく、「今」だけに、常に流れているから。それさえ忘れなければ、決して流れが澱むことなく、常にフレッシュな状態でいられるんだと思います。

――二〇一六年九月九日　収録

そういうタイミングに動くことこそが、きっと、全てなのだ。
求められているときに求められた動きをすること……
まるでスポーツの試合のように、ただ全身で、
その場に求められていることを判断すること。
そうしたら扉は開く。
別に幸運に向かってというわけではなく、
ただ、自分の道に向かって。
とてつもなく大きななにかの流れに乗って。

――『なんくるない』よしもとばなな　新潮文庫

第三章　わたしを生きる

子ども時代を生き延びるということ

私は、東京の下町、文京区《ぶんきょうく》の千駄木《せんだぎ》で生まれ育ちました。

何が大変って、わが家の場合、とにかく家にいつも他人がいる。

子どもにしたら、ちょっと怖いですよね。

今、生きている人もいるから言いづらいんだけど、いきなり訪ねてきて、暴れる人もいたし、すごく怒鳴る人、酔っぱらって家を破壊する人、誰かに追われている人もいて、子ども心には恐怖でしかなかった。

親は、絶対認めなかったけどね。「そんな人いた？」って。

いや、いたよ！

うちは玄関にカギをかけなかったので、その気になれば、誰でも入ってきちゃう。

それって、あの頃の下町はカギなんてかけなくても何か盗られたりすることはなかったっていう、ちょっと昔のいい話のたぐいではなくって、たとえ誰が来たとしても拒まない、受け入れるっていう、父親（思想家、詩人の吉本隆明《よしもとたかあき》）の考え、覚悟でもあったので、すばらしいことだけれど、霊的に敏感な私には本当に大変でした。子どもにとっては当たり前の「学校から帰ったら、テレビ観て、寝よう」みたいな、普通のことは何もなかったから。自分の家なのに、何が起こるかわからない。

　しかも、下町の人間関係って、幼い頃から結構過酷。

　家から一歩外に出たら、本当にめちゃくちゃで、とんでもなかった。中場《なかば》利《り》一《いち》さんの『岸和田《きしわだ》少年愚連隊』みたいな。ヤンキーがいっぱいいたからケンカもしょっちゅうだし、もっと別な意味でもドロドロした阿鼻《あび》叫喚の世界。

　その中で生きていくことは、私にとってホラー映画そのものでした。

　みんながそう思わないっていうことはよくわかってるんだけど、私にとってホラー映画って、ふるさとみたいな。当時は本当に命の危険を感じていたので、日常が命がけ、その瞬間その瞬間を生き延びるためのサバイバルであるというホラー映画のあの感覚には、今でも共感しかない。

　自分は恵まれていたなって思うのは、隣の家に私と同じ年の女の子がいて、その子がものすごくよくできた人だったんです。

うちの親が忙しかったりすると、その家にしょっちゅう預けられていたのですが、お父さんはべっこう職人で、家に亀の甲羅があって、それをこつこつ削って、超高級な眼鏡や靴べらをつくっていた。子どもの目から見ても、ものすごく筋が通った職人さんという感じがしました。お母さんもよくできた人で、女の子には弟がふたりいて、その子たちとも兄弟のようにしていたのですが、弟の面倒をみるにしても、ケンカするにしても、家族のチームワークが素晴らしかった。何を怒って、何を怒らないのか、それぞれがバランスをとりながら役割分担している。

こんな家族もいるんだなって当時から思っていたけど、この間、久しぶりに会ったら、本当になんてきれいな人たちなんだろうって、あらためて思いました。

お父さんは八十超えてると思うんだけど、毎日こつこつ誠実にやってきたっていうのが質実剛健な見た目からにじみ出ていて、ネイティブアメリカンの一族みたいなんです。うちの家族は頭で考える人たちだけど、隣の家族は職人さんの一家だから、体の間合いで生きていた。その両方を見て育ったのは、とても良かったと思っています。

あの頃、千駄木にある団子《だんご》坂《ざか》の下には、いかにも下町っぽくてケンカっぱやい、祭り系の人たちが住んでいて、上にはお金持ち、坂の途中は中途半端。うちは坂の途中だったので、どっちも見えるけど、どっちでもなかった。下町にいて、そういう立ち位置だったので、子どもながらにいろんな家族、いろんな人を見ました。

すさまじいんですよ、みんな。あの人はお金持ちだけど、うさんくさそう。なんか裏があるなとか、あの夫婦はものすごい美男美女だけど、なんかワケありっぽいなとか、結構なまなましい舞台裏まで透けて見えちゃう。見たくないことまで見えちゃうので、世の中がわかるようになっちゃいましたね。

ヤンキーが暴れてるから小さくなっていようとか、キャラ設定はどうしようとか、そういうことを瞬時に判断しないと生きていけなかったので、生き延びるための処世術として危機感がやたら研ぎ澄まされていたっていうのはあるかもしれない。子どもの頃から、私は人を観察するのがものすごく得意でした。

小学生くらいになると、人と自分を比べて、劣等感を抱いたり、嫉妬心にさいなまれたりするじゃないですか。同じクラスにすごく成績が良かったり、すごく運動ができたり、家がお金持ちだったりして、何か特別なものを持っている子がいると「うらやましい。あの子みたいになりたい」とか「いや、でもそんなこと思っちゃいけない」とか思って、心の中がぐちゃぐちゃになったりするけど、私はそういうのがまったくなくて、ただ見ていたかった。足が速い子を見ても、あれだけ走れたら楽しいだろうなとは思うけど、自分もああいうふうになりたいとは思わないし、頑張ればなれるとも思わなかったんです。

そういう嫉妬心みたいなのがあったら、感情に引っ張られて、観察できなくなっちゃう。ものをよく見ようと思ったら、感情的にはなれない。子どもなのに心の中が常に平熱でいられたのは、感情を前にいかせることより、ちゃんと観察したいという欲求が強かったんでしょうね。

妬みっていうのは、ノイズなんですね、見ていたいたちの私にしたら。

生きていく上で、自分を生きやすくさせなくするものだから、生じた途端に綿ぼこりみたいにサッと取り除いてしまう。

人と比べない。いや、比べはするんだけど、妬まないという特質は、極端に言えば、自分にしか興味がないということでもあるかもしれないけど、私にとっては持って生まれたもので、途中でなくなった方がいいものかもしれないのに後生大事に持ち続けてきたものでもある。おかげでいろんなことに気づかないで失敗することも多かったけど、そのことがものすごく小説家への道を早くしたなと思っています。

そのくらい妬みっていうのは、人にとってノイズになる。それをしないで済んだのは、本当に良かったし、自分が持っている特質の中でも、いいものだと思っています。

そして、もうひとつ、ノイズが少なかった理由としては、早いうちに「自分は作家になる」と決めてしまったこと。姉（漫画家のハルノ宵子《よいこ》）は絵が得意だったので、自分は文章だなって、物心ついた時には思っていました。弱冠五歳くらいで、なんでそう思ったのかはわからないけど、あっさり決めて、それっきり。

　そして、プリミさんが言うように、人生は初期設定が大事で、それが決まるとそのあとのプログラムはおのずと決まっていく。私の場合も、はじめに職業を決めてしまったので、いろんなことを迷わなかったし、迷わなかったぶん、自分の考え、特有の思想に早くたどりつくことができたんだと思います。

　学校でも、無理して周りに合わせるみたいなことはなかった気がします。合わないなと思ったら、距離を置いていました。

　みんなはめちゃくちゃ興味があるんだけど、自分はまったく興味がないことが流行ることってあるじゃないですか。私の世代だとローラースケートが大流行したんだけど、私は竹馬は好きだったけど、ローラースケートには全然興味が持てなくて、その時はひとりでした。「買ってほしい」とも思わなかったし「練習したい」とも思わなかった。クラス対抗の鬼ごっこみたいなのが流行った時も、やっぱり全然興味が持てなくて、教室でひとりで本を読んでいました。ちょっとさみしかったけど、周りがそれに対して何か言うってことも特になかった。

ただ、中学生くらいの時に、オタクという言葉ができて、ずいぶんラクになったのを覚えています。オタクはオタク同士、くっついていれば安心みたいな。オタクという概念がなかった頃は、自分たちは変なブラックボックスみたいな存在で、名もない族に属していました。

今って、もっとしがらみが強くあって、ひとりになって、我が道を往くというわけにはいかないのかもしれませんね。

びっくりしたのは、近ごろは学校の先生が「塾に行きなさい」って言うらしい。「この高校に行くにはこれが足りないから、そろそろ塾に行ってくれないと内申書が出せない」って。でも塾って結構お金がかかるし、しょうがないから、塾に行くお金がない家は、わざわざ無料の体験入学に申し込んで、塾に行った体裁を整えるという話を聞きました。

あと、知人の話でびっくりしたのは、お子さんが学校で「死んだ何かの絵を描いちゃいけない」と言われたという話。美術の根幹にかかわることじゃないですか！　本末転倒だと思った。

学校の先生に言われちゃうと「いや、自分は行きません」とは言いづらい。塾に行かないなんてありえないみたいな。そんなふうに理由もよくわからないまま「みんな、そうしてますから」って話が、いくらでもありそうですよね。

私が十代の頃は、ヤンキーはヤンキー、オタクはオタクで棲《す》み分けができたり、自分は違うなと思ったら、みんなから距離をとって、ひとりでいるなど、いろんな逃げ道があった。今はそういう見た目でわかりやすい表現があまりないから、同調圧力みたいなものに巻き込まれたら、抜け出しにくいってことがあるのかもしれない。そこで距離を置く、ひとりになるってことができないと、どんどん、どんどん圧がかかって、苦しくなる。違うことに自分を無理やり当てはめようとすれば、ひずみが生じて、最終的にバーンと爆発しちゃう。すんなり軌道修正できればいいけど、ダメージが回復するのに何年もかかったりすることだってあるし、キレて、暴力の矛先が周りや自分自身に向かうことだってあるかもしれない。

自分そのものを生きるっていうのは、だからラクして成功するためのノウハウみたいなことじゃなくて、自分が置かれた環境をどうやって生き延びるかっていうことでもある。それって、きっと誰にとっても切実で、大変なことなんだと思います。

自分が変わっていなくても、周りが変わってしまう

物心ついた時には「作家になる」と決めて、それに必要ないものはどんどん取り除いていったのに、それでも順風満帆というわけにはいかないのが人生というもの。私の場合も、そこからが新たな試練の幕開けでした。

はたから見れば、大学卒業と同時に作家デビューして、本が売れに売れて、ウハウハだろうと思われていたに違いないあの時、私は「おかしいな。こんなはずじゃなかった」と途方に暮れていたのです。

大学生の私が「なりたい作家」としてイメージしていたのは、江古田《えこだ》の喫茶店でよく見かけていた新井《あらい》素子《もとこ》さんでした。編集者と打ち合わせしてるのを横目で見ていたのですが、いつもおっとりしている。おっとりと打ち合わせして「わかりました」と言って、おっとりと帰っていく。そんな姿をお見かけしては「はぁ〜、これであのすごい小説を書いてるんだ」と思って、萌えー！「萌えー！」って言葉、その頃はま

だなかったけど、心の中ですごくそう思っていました。

人気作家なのに全然偉そうじゃないし、声を荒らげるのなんて見たことない。業界のウワサ話とか絶対にしなさそう。服装がトレーナーにスカートだったりするのも良かった。それであのトレードマークの眼鏡をかけていると、私なんかは「新井素子がいる！」ってすぐにわかったけど、知らない人はまったく気がつかない。たぶん当時から今のご主人とおつきあいしてらしたと思うのですが、全身から「パートナーがいます！」「恋愛で悩んでいません！」って空気が出ていて、そういうところも、いいなあと。

私も、あの感じを目指そう。

自分が本当に書きたいものをコツコツ書き続けて、ひっそりと生きて行こう。

本気でそう思っていたのですが、現実はまるで違ってしまった。

本が売れるだけならまだ良かったのですが、ブームみたいに言われて、電話は一日中鳴りっぱなし。五分に一回はかかってきて「何でもいいから、出てくれ」みたいな。断るのだって時間をとられるし、原稿も書けない。

とにかく目立ちたくなかったので、なるべく地味な服を着て、こそこそ暮らしていたんですが、限界だなと思って、ある時から好きな色の服を着るようになりました。

いったん激流に飲み込まれてしまうと、自分はちっとも変わっていないのに、周りが変わってしまう。こんなはずじゃなかったと思っても、どうしようもなかった。

あの売れ方はおかしかったと、今でも思っています。

出す本、出す本、ものすごく売れて、それまで手にしたこともないお金が入ってきたことも、私にしたら恐怖でしかなかった。

八〇年代の後半、世の中もバブルで浮かれていた頃です。

うちの父親は、物書きの先輩としては尊敬できたけれど、お金に関しては昔気質《むかしかたぎ》の無頓着な人でしたから、銀行の人が来たら、お茶を出して、お菓子も出して、ついでに口座もつくっちゃうみたいな。反面教師になりこそすれ、まったく参考にはならなかったので、相談することもできず、自分で切り抜けるしかなかった。

あぶく銭は絶対に消える、まだ二十代でしたが、本能的にそう思いました。

若い頃の短い期間成功して入ってきたお金を貯金なんてしてたら、ろくなことにならない。だから七割くらいは税金でしたが、残りを人のために使ったり、自分の経験のためにばらまくことにしたのです。

自分の今までの常識だったら、ビジネスホテルに泊まるところを、高いホテルに自分のお金を使って泊まってみる。自分よりもっと若い「肉食べたことないッス」みたいな男の子を「よし。じゃあステーキ食べに行こう」って連れて行く。いい気になって浮かれているように見えたかもしれないけど、ここをくぐり抜けなければ、先はないと思っていた。

もし私がもう書かないで、若くして隠居するのを目指すような人生設計だったら、貯金して、そうしていたかもしれない。でもこれからどんどん書いていきたいし、そのためには経験しなきゃいけないことが山ほどある。それなのに、このお金を貯金なんかしたら、きっと病気になるか、死んでしまうだろう。直感としかいいようがないことだったけれど、今でもそれは正しかった気がします。

人間って、すごいなあと思いましたね。

お金っていうものに対する人間の反応って、本当にすごいと思った。

よく親戚が増えるとか言うけど、ホントでしたね。「母が倒れたんで、冷蔵庫買ってくれませんか」って「あなた、誰？」みたいな知らない人に頼まれる。読者からの手紙にそういうのがたくさん交ざっていて、振込先として銀行口座も書いてあった。おかしい人だと思いたいけれど、おかしい人ではないんだと思う。人間って、たぶん、そういうところがあるんですよ。

すごい人を見たし、すごいものをたくさん見た。自分でもよく生きてたなと思う。かなりギリギリでしたね。死に物狂いで駆け抜けたみたいな。若くて未熟だったから、なんとか見ないふりをしてやり過ごせたとも言えるし、若くて未熟だったから、どうせわからないだろうと思われて、見たくないものもいっぱい見ることになった。でもまあ、どうにかしてきたし、今でも生きてるから、それで良かったんだと思います。あの頃、すごい地獄を見たおかげで、人のことがよりよくわかるようになったから。

人間は全部見せて歩いている

忘れられない話があって、人づてに紹介されて、大型犬の訓練士さんに来てもらっていたことがありました。忙しいから代わりに散歩に行ってくれ、くらいの気持ちだったと思います。散歩に行ってもらった上におすわりとか教えてもらえるなら、ちょうどいいみたいな。

そうしたら、ある日、仕事で打ち合わせに来た写真家の本橋成一《もとはしせいいち》さんが、その人をひと目見て「やばいよ、あの人。絶対金貸せって言ってくるよ。それから仕事してないよ、あの人」と言ったのです。

いきなりそんなこと言われたら、びっくりしますよね。本橋さんと会ったのはその日が初めて。初対面の人の犬の訓練士をそこまで言い切るっていうのは、本当にスゴイなと思ったし、私にそれを言ってくるっていうのも、やさしいっていうか、本当にスゴイなと。でも絶対に当たっている気がしたのです。

実際、その人は「どうしても明日までに十万円必要だ」と言ってきました。十万円か。十万円なら貸してあげようかな、返ってこなくてもいいや、返さなかったその時はやめてもらおうと思って、貸したら、ちゃんと返ってきましたけどね。そのあと、うちの犬は二回くらいドッグショーでグランプリみたいなのをもらって、それはそれで良かったのかもというオチになったので、今となっては犬の訓練士のおじさんのことも私の中でいい思い出になっているのですが、あの時、本橋さんが言った通りになったので、やっぱり写真を撮る人っていうのは凄いものだな、人間っていうものをずっと見てきた人は違うなと思いました。

初対面だろうと何だろうと関係ない。一瞬で、その人を見抜いてしまう。そして、それを行動に移してしまう。私にはいまだにできない。

それで思い出すのが、詩人の谷川俊太郎《たにかわしゅんたろう》さんのことです。

ある企画で谷川さんとご一緒することになったのですが、編集の人がちょっと席をはずしている時に、谷川さんが「吉本さん、あの人はダメだよ。あなたを利用しようとしているから、あんまり関わらない方がいい」と言ってくださったのです。

だからすごくひどいめにもいっぱいあったけど、今から考えると助けてくれた人もいっぱいいたなって思います。

そして、人間って全部見せて歩いてるんだと思う。

「人は見た目じゃわからない」と言うけれど、見る人が見れば、一瞬でわかっちゃう。

それって、単に本橋さんや谷川さんが凄いというだけの話でもなくて、たとえその人をよく知らなくても「いい人だな」とか「なんかいやだな」って思ったりするじゃないですか。気配みたいなものを察知する力が、どんな人にも、もともとあるんだと思う。人間の本質を一瞬でズバリと見抜く目。経験を積むことで、それが研ぎ澄まされていく。

当時リトルモアの社長だった竹井《たけい》正和《まさかず》さんなんて、パンチパーマに足元は雪駄《せった》でステテコみたいなのを穿《は》いてるから、見た目だけで言ったら、完全にヤクザだもん。

仕事の依頼で初めて電話がかかってきた時、そんな見た目とは露知らず、なんていい電話だろうと思ったんです。ザ・ブルーハーツと私を会わせてしゃべらせようだなんて、普通だったら「どうせそれで釣ろうとしてるんだろう」みたいに思っちゃいそうな企画じゃないですか。まして、当時の私は五分に一回「何でもいいから、出てくれ」みたいな電話の対応に追われて、疑心暗鬼になりかけてたわけで「どうせ人気者同士をとりあわせてるんだろう」って思ったんだけど、引き受けることにしたのは、本当にいい電話だったから。

そして、その印象が変わらなかったんです、ずっと。

一緒にニューヨークに行った時も、やっぱり、パンチパーマに雪駄とステテコで、会った人がみんな、竹井さんを見て「ヤクザ！」「ジャパニーズ・マフィア！」って言ってるし、見た目だけじゃなくて、態度もそういう感じだし、普通に考えたら、そんな人と仕事するなんて「違うこと」なんだろうけど、私にとっては「違うこと」じゃなかった。

それは、依頼状を読んでもわかりました。

竹井さんって本当に依頼状が素晴らしいんですよ。普段ちゃんと生きてる人って感じがするんです。よく競馬とかやってるし、麻雀ばっかりしてるし、だけど、なんかちゃんと筋がある。たらしじゃないの。二行とか読めば、それがわかる。

だから、人から見たら「違うこと」が「違う」とは限らないんですよね。自分にとっては「違わないこと」だったりする。

それを見極めるにも、やっぱり経験を積むしかない。私も、いろんな人を見て、たくさん失敗もして、だんだんとわかるようになってきたんだと思います。

「自分は自分」という人をむりに集めると、空中分解してしまう

このあいだ、ある人のオープニングパーティに行ったら、そこに私の事務所で以前働いていた人たちが三人とも集合したことがあって、それを見て、思いました。

この人たちを、まとめて同じ場所で働かせていたなんて、私、本当にどうかしてたなって。とても正気の沙汰とは思えない。こう言ったらアレだけど、マングースとコブラとナマケモノを一緒にしていたみたいな？

いや、ひとりひとりはすっごくいい人なんですよ。秘書検定とか持ってるし、ものすごく優秀だし、ただ、ちょっと変わっ……いや、個性的過ぎて、これを一緒にしたらダメだろうっていう。それで家に帰ったら酒乱の彼氏がいたんだから、何にチャレンジしたかったんだ、あの時の自分！

そういう時に気づくのかもしれませんね、人間って、過去のあやまちに。たくさん失敗はしたけど、最高に「違っていたな」と思うのはあの時かもしれない。逆に、その人たちにもひと箱に押し込めて悪いことしたな、と思いました。

あれは、私が二十代から三十代前半にかけて、ものすごく忙しかった時期のことです。

大手の出版社から親しい編集者が独立したり、作家が若いと担当編集者も次々変わったりして、人の出入りも激しくて、そのたびに一からまた打ち合わせをしなければならない。見知らぬ新しい人に「ゲラはいつまでに送ってください」ってことから言わなければならなかったり、原稿をとりに来た人に「犬が嫌いなんです」と言われたりして、原稿を書く以外のことで常にバタバタしていて、落ち着かなかった。

そんなこと言われても、犬を追い出すわけにはいかないし、向こうは恐怖で玄関から入れないみたいな。そういうのにいちいち対応していたら私の身が持たないし、とにかくこの状況を何とかしなければと思って、事務所をつくることにしたのですが、スタッフがひとり、またひとりと増えていくうち、気がついたら、とんでもないことに。

最初のうちは、彼女たちも「居場所を得て、良かったね」みたいな感じだったと思うんです。それぞれが自分のやり方でしかやらないんだけど、途中まではそれでうまくいっていた。でもそこに外資系証券会社でキャリアを積んだ実務能力バリバリの人を入れたら、価値観が合わな過ぎたんでしょうね。「息苦しくって、やっていけない」って、長年いた人がやめるって言い出した。

せっかく事務所をつくったのに、それじゃ仕事がまた回らなくなっちゃう。みんな、いい人だし、優秀なんだから、どうにかうまくやれないものかって、いろいろやってみたものの、それってもはや仕事じゃないし。結局どうにもならなくて「全員解散！」みたいな。

今になってみれば、そんなの当たり前だよって思う。

あんな個性的な人たちを同じ部屋に入れること自体がおかしいんだから。

でも渦中にいる時は、そういうことが見えなくなっちゃう。

あれは今思っても、最高に「違うこと」でしたね。そういう時に人を繋《つな》ぎとめるのって、お金ではないということも学びました。仕事において、経済的な安定というのはある程度までは有効だけれど、最終的な決め手にはなりえないんだなと。

彼女たちとは、今でもたまに会います。そして会えば、楽しく過ごす。

そのうちの二人は気が合ったらしくて今では大親友になっているようなので、結果的には「違うこと」じゃなかったんだな、良かったなとは思います。

そんなふうに、未来の自分から見たら、まだまだ成長する余地はあるんだなと思って、逆にちょっと励まされました。

同じ場所で他人と共存していこうとすると、譲ったり、合わせたりするうち、本来の自分がわからなくなっちゃうことがある。だからと言って「自分は自分」と我が道を往く人ばかりだと、共存すること自体が難しくなって、空中分解するしかない。うちの事務所が当時いったん解散することで事無きを得たのも、そういうことなんだろうなと。その後は常に落ちつくようにして、スタッフはその時々に合う人を見極めていったので、あんな大変なことは起きませんでした。

離れてみれば一目瞭然のことなのに、渦中にいると、まだ何とかできるんじゃないかと思ってしまう。家族とか学校がきついのは、一緒にいる人を選べないから。まったく選べないわけじゃないけど、あらかじめ決められているような感じがするからなんでしょうね。

私の実家の家族も、全員、変わってる人たちで、私は、子どもの頃からそんな家族のバランスをとるために自分は緩衝材のような役割を果たしてきたと思っているのですが、そんなに悲惨ではなかったのは、それぞれ部屋にいて、あんまり会わなかったからだと思う。会わないぶんには、別にもめないし。なんだ、そんなことかと思うかもしれないけど、やっぱり、適切な環境、適切な距離みたいなのがあるんですよ。近いから目につくことも、距離をとれば、そんなに気にならないみたいな。

父も母も見事に自分を貫いたし、姉も私とは全然タイプが違う。姉は、どっちかっていうと体ごと人生参加型ですごく熱い人なので、観察ばかりしてただ見てるだけの私にしたら、あの熱がちょっとつらかった。それ以外はぶつかることも特になかったけれど、なんであんなに熱いんだみたいなことがよくありました。でも姉は京都の大学に進学して、長いこと離れて暮らしていてさびしいなと思っているうちに、私も実家を出てしまった。結局はそれでよかったんです。お互いの違いや良さがわかったので。だから、もしどうしても家族関係がきついようなら、ちょっと離れてみるとかね。距離が変わると、また違う関係性が見えてくることもあるから。

今の家族は、夫も息子もひとりっ子。ひとりっ子って、ホント、うらやましい。学ぶこともたくさんあるけど、よくそこまでマイペースでいられるねって言いたくなります。

すごいねー、ここでお菓子食べ始めるんだ、このタイミングで。もうすぐごはんが炊けるのに、せんべいとかポリポリ食べ始めて、忙しくなければ気にならないんだけど、忙しい時はホントに腹が立つ。

同じ部屋にダライ・ラマ様がいるのに、息子がｉＰａｄ見てた時は、さすがにどうかと思いましたけどね。自由ってすごいな。人に合わせないにも、ほどがあるって。

昔の私なら止めたと思うんですけど、いいやもう、私は私の身の振り方を考えようって。一応言って、聞かなければ、あとはもう本人の問題だなと。諦めというか、人は変わらないんだから、なるようにしかならないよなと。そう思えるようになったのも、事務所の個性的な人たちに鍛えられたからかもしれません。

自信を取り戻すということ

プリミさんとの対談でもお話ししたことですが、父親が亡くなる前、最後に対談した時にこう言われたことがあります。

「最近書いているものが澱んでいるというか濁っている。なんかそういうとこがあるね」

「なんでだと思う？」

「それは、自信をなくしているからですよ」

「自信ってどうやって取り戻すの？」

「そんなの簡単です。いま、取り戻せばいいんです」

そんなこと言われても、簡単にはいかないですよね。あの時の私は「待てよ。自信って何でしたっけ？」ぐらいの感じでした。あの段階で真に受けて、へんに自信を持ったりしたら、風あたりが強くなって、それこそ作家生命に関わると思っていた。そんなことはなかったのに。

でも友人の家の子どもが就職するくらいの年齢になって、これまで日本の小説界で自分が背負ってきたものをもうそろそろおろしてもいいんじゃないか、いくらなんでもここまで頑張らなくても、そろそろ下の世代に譲ってもいいんじゃないのと思えるようになった。これ以上頑張ったら、ちょっとみっともないかもくらいの感覚になれたので、それでやっとちょっと自信を持つポジションにズレることができたのかもしれない。

自分が本当に書きたいと思うものをコツコツ書き続けていきたい。作家になると決めたときから、私の願いはずっとそれだけだったのに、それを実現するまでにずいぶん時間がかかってしまった。デビューしてからずっと忙しくて、どうすれば自分のペースで仕事に集中できるのか、試行錯誤してきました。書く時間を確保するだけでも大変なうえに、編集者やデザイナーと打ち合わせをして、本にして、本が出たら、取材を受けて、宣伝もする。今の時代、作家といえども、原稿だけ書いていればいいというわけにはいかないのです。一冊の本を世に送り出すまでにやることがいっぱいあるし、子どもがまだ小さかった三十代は、あまりの目まぐるしさに息つく間もないくらい。自分にとって本当に必要なものを見極め、要らないものは思い切って手放して、結局三十年かかってしまったけれど、公に接するための事務所を閉めて、作家として身ひとつになって、新たなスタートを切ろうとしています。

自分そのものを生きる。

そのための居場所をつくるというのは、本当に時間も手間もかかるし、並大抵のことじゃないなと思うけれど、あきらめずに軌道修正しながらそれをやり続けていくことが、生きていくということなのでしょう。

いっぱい失敗してきたし、自信なんて何度失ったかわからない。

それで思い出すのが、大学四年生の時、大手コンビニの本社で地図をつくるアルバイトをした時のことです。

たとえばおじいさんとおばあさんがやってるよろず屋みたいなお店を、どうやって口説き落としてフランチャイズ化するか。その戦略を立てるために事前に偵察して、あがってきた報告書をもとに地図をつくるのですが、駅からの動線はどうなっていて、近隣のどことどこに別のコンビニがあるのか、現場に行かずして、ものすごく詳細なデータを読むことができた。クレーム対応の部署も同じフロアにあったので、全部聴こえちゃうし、大手コンビニの本社でどんなゾーンの人たちが働いているかもわかって、すごく面白い仕事でした。

作家になって、就職することがなかった私にしたら、大企業の内部に潜入取材したようなもので、実に美味《おい》しいアルバイトだったけれど、もしあのまま就職でもすることになったら、きっとすごく不幸だったと思う。

上司たちにも好かれていたし、作家になった時にはお祝いもしてもらったけれど、地図をつくれば「吉本さんのつくる地図って地図じゃないよね」と言われ、宛名を書けば「吉本さんが書いた宛名って宛名じゃないよね」と言われ、仕事の上ではまるで役に立たなかった。あのままあの会社にいたら、私なんて人間のクズですよ、きっと。ずっと評価されない環境にいると、人って、どんどん自信をなくしていくから。自信を取り戻すには、自分のことをちゃんと評価してくれる環境にいることが大事。「こういうところ、ほんとにダメだよね」「でもこういうところはいいよね」って自分のことを正確に把握してくれる人物と接していると、そうか、こういうところは自分のいいところなのかって、自己評価する目がおのずと強化される。

　そういう誰かがいてくれて、自分もまた自分でいられる。

　スティーブ・ジョブスと共にアップルを創業したスティーブ・ウォズニアック、私はこの人がすごく好きなんです。

　天才的なプレゼン能力と経営センスを持ち、ものを売り込むのがうまかったジョブスとは対照的に、ウォズニアックは、ジョークが好きで、自分が面白いと思うことを心から楽しんでやりたいという、根っからのエンジニアでした。学生時代からふたりは妙に気が合って、ジョブスが資金をかき集めてきては、ウォズニアックがいいものをつくる、それをまたジョブスが売り込みにいくという循環でうまく回っていた。

時には、ジョブスが売り上げをこっそりピンハネすることもあったらしい。でもウォズニアックは、それでどうこうしようとは思わなかった。その理由は、実にシンプルで、そういう生き方をしたいから。ウソをつかれたから傷ついたけれど、それであーだこーだ言うような生き方はしたくないからだと言っていて、素晴らしいなと思いました。

彼の著書『アップルを創った怪物　もうひとりの創業者、ウォズニアック自伝』の中で、ジョブスと自分の人生観の違いをこんなふうに語っています。

「片方は成功者。会社を経営し、いつも目標の売り上げを達成し、利益を出し続けるんだ。もう一人はのらりくらりとしてて、お金もあんまり持っていない。ジョークが好きで、世の中でおもしろいと思うこと、変わった装置とかテクノロジーとか、なんかかんかを追いかけ、ただ笑って人生を過ごすんだ。物事をコントロールする人より、笑って過ごす人の方が幸せだって、僕は思う。それが僕の考え方なんだ。僕は、人生で一番大事なのは幸せであり、どれだけ笑って過ごせるかだと思うんだ。頭がちょっとイカれたやつの方が幸せなんだ。僕は、そういう人間だし、そうなりたいとずっと思ってきた」

私も、やっぱり自分はそういう人間だと思う。

騙されたからって、腹を立てて、取り戻してやるといつまでも根に持つんじゃなくて、どんな時でも、今の自分の楽しいと思うことに目を向けていたい。

自分の終わり方について考えることも、もちろんある。そのために今、だんだん、物を減らしていて、早すぎる、いくらなんでもちょっと早いんじゃないのと周りからは言われてるけど、両親を看取った時にものが多くて大変だったので、これをうちの子どもに背負わせたくないなと思って。

理想の死に方なんてない。

生き物としてとらえたら、終わっていくのはつらいし、疲れるに決まっているけど、一日でも長く生きていたいなと思う。できれば文句を言いながら。例えば佐藤愛子《さとうあいこ》さんや瀬戸内寂聴《せとうちじゃくちょう》さんのように、長く書き続けていられたらいいなあと思っています。

自分の中の深いところに押し殺してきた気持ちを
わかるということが、何よりも大切なんだなあ、と
思いながら、私はタルトの上の果物を口に入れた。
すっぱい、まだ生きている物にしかない
濃い味がした。

——「本心」（『体は全部知っている』吉本ばなな　文春文庫収録）

第四章 対談

吉本ばなな + CHIE

CHIEちゃんに初めて会ったとき、
その味わってきた苦しみの深さが
全て伝わってきて、胸がいっぱいになった。
なのでどうしてもちゃんと話を聞きたかったのです。

何度生まれ変わっても、魂の芯にあるものは変わらない

ＣＨＩＥ　昨日寝る前に「ばななさんのこと、教えて」って、いろいろ聞いてみたんです。

吉本　誰に聞いたんだ（笑）。

ＣＨＩＥ　私の中に神様みたいな存在があって、その存在に聞く感じで寝ていたら、いろんな人物の映像が出てきたんですけど、一番よく出てくるのがチベットの僧侶でした。

吉本　やっぱり。

ＣＨＩＥ　知ってるんですか。

吉本　あまりにも言われ過ぎて、そりゃそうだよなって。自分でも当然だと思っているくらい。ダライ・ラマ様にお会いした時にも言いましたもん、「私、前にチベット

にいたと思うんですよね」って。

ＣＨＩＥ　でも、なんかね、すごく厳しいんですよ、その人って。その人が生きていたのは、ものすごく厳しい教えが流行《はや》っていた時代だから、その人も自分の哲学を厳しく厳しく究めていって、それを説いて、広めたんだけど、今度はもっと柔らかく説いていきたいし、もっと違う経験もいっぱいしていきたいと思っていたみたい。それで今度は、ばななさんの人生に来たんじゃないのかなという感じを受けたんです。ばななさんがらっと変わる瞬間って、もしかしたらその厳しい人が出るのかもしれないですよね。

吉本　ああ、なるほどね。だからか。

ＣＨＩＥ　男性的になるんだと思います。それこそ性別から変わっちゃうんだから、しんどいと思う。

吉本　急にムードがきつくなるから、毎回、大変なことになるんですよ。前に、私、エベレストに途中まで登る目的でネパールに行ったことがあるんです。ただ、もう、エベレストに登りたいというだけで行ったので、何にも考えずに無邪気に道を歩いていたら、チベット寺院があって、その瞬間、なんか、私、ゲーッてなって。懐かし過ぎて、ゲーッみたいな。ちょうど向こうからお坊さんたちがぞろぞろ歩いてきたんだけど、反射的に「何それ？　なんで眼鏡と時計してるの？」って思って。その時にわかったんです。ああ、私がチベットにいたのって、眼鏡も時計もなかったくらい、昔のことなんだって。

ＣＨＩＥ　思い出したんですね。

吉本　うん。それで、そのあと、アメリカの超能力者で太ったロン、って私はつい言っちゃうんだけど（笑）、ロナルド・バードさんという人に会った時に、誘導催眠で一回本格的に戻ってみようってことになって。誘導催眠の時って鏡を見るんですけど、お坊さんが映っていて、戻っても、戻っても、チベット、チベット、チベット……みたいな。「もう生まれ変わらなくてもいいんじゃない、坊さんに」っていうくらい、坊さんを繰り返して、最後の時、私は書記、記録係だったんです。書記というのは、ＣＨＩＥちゃんが言った通り、相当究めないとできない特殊な仕事で、儀式の模様も記録するし、お経も記録するし、秘密も記録するんだけれど、それとは違う私的な自分の日記みたいなのも書いていて、もっと自由に書きたいなと思っていた。

ＣＨＩＥ　きっと本当は「もっと普通の世界で自分を築きたい」というのがあったんでしょうね。

吉本　それで何回も繰り返したらしい。この次は、この次はって役割まで決めて、何十回もそこで生まれ変わって「もうチベットの坊さんはいいや」と思ったっていうのを、その時に思い出して。あとは、シュタイナーの教えを描く画家だったこともあったみたい。だからもう、何かの教えを書くとか、そういう書き方が厳密に決まったヤツじゃなくて、思う存分、自由に書いてやるというのが、今回の気持ちだったらしい。

ＣＨＩＥ　でも好きな世界観とか表現のし方みたいなのは、ずっと一貫してるというか、似てますよね。

吉本　似てる似てる。チベットの坊さんだった時も、鹿がどうして、雲がどうで、何番目の月が美しい、とかすごく変わった詩のような比喩表現をしていて、それがすごく好きだったみたい。ただ、今世でダライ・ラマ様と共著を出すことになった時は、さすがに動揺しましたね。本って残るものだし、前世の私だったら打ち首ものだなって思って、ビビりました。

ＣＨＩＥ　ああ、前世の、チベット時代の（笑）。

吉本　そう。まあ、いつかお会いすることになるんだろうなということは、わかっていたんですけどね。これだけ前世でチベット、チベットというのを繰り返していたら「君、今回も頑張ってるね」みたいな感じになるんだろうなと。私、こうなるんだろうなと思ったことが、そうなってきたので、たいがいのことでは、ビビらないんですけど。それで言ったら、デビューする前の私の人生って、ゼロですよ、ゼロ。小説家なのに小説家じゃないんだもん。

ＣＨＩＥ　わかっていたんですね、どこかで。自分が書く人になるってことが。

吉本　うん。わかってるのに、現実ではまだそうじゃないっていうのが、ずっと苦しかった。子どもの頃から小説は書いていたけど、いくら書いていたって、世に出ていない以上、ただのアマチュアだし「私、何やってるんだろう、時間ないのに」って、高校生の頃、すごく思っていた記憶があります。だからデビューした時は「やった、ゼロ歳！」みたいな感じ。周りから見れば、新人だし、超ペーペー扱いなんだけど、自分の中ではデーモン閣下《かっか》じゃないけど、十億ゼロ歳くらいの気持ちでしたね。

ＣＨＩＥ　書く人生を何度も繰り返してきたから。

吉本　そう。やっと今回のスタート地点にたどりついたよって。ちっちゃい頃から「ちょっと変わった頼りになる子」みたいに思われてきたけど、それは私の職業じゃないし、私は作家なんだけどなってずっと思っていたから、デビューするまでのその時期はすごく苦しかった。

ＣＨＩＥ　ばななさんの前世を見ると、今回、女性に生まれてきたことが、もう、大成功なんですよ。祝福すべきことなんです。

吉本　本当？　そんなにいいことないけど（笑）。

ＣＨＩＥ　いや、だからですよ。次に生まれる時はどうするのか、みんな、選んで、デザインして生まれてくるんだと、私は思っているんですけど、ばななさんの場合は、ずっと男、男、男、男でやってきて「じゃあ今度は、女性経験してく？」「いやいや、女性厳しいかもよ。価値観変わっちゃうかもしれないし」って考えに考えて「よし、いくぞ」って、チャレンジしたんでしょうね。だから女性に生まれてきた時点で「おめでとうございます。実験大成功です」みたいな。

吉本　確かに子ども産んでる時とか「男なのに子ども産んでる」みたいな感覚がありましたね。「やっちゃっていいのかな、これ」「なんか、すまないな」みたいな感じが、うん、ありました、ありました。

ＣＨＩＥ　お会いすると「よくぞ女性にお生まれなさって」みたいな気分になります。「よくぞご決断を」みたいな（笑）。

吉本　そうか。女、新人なんだ、私。それでよく女に騙《だま》されるのか（笑）。

ＣＨＩＥ　「自分はお金以上に大切なものがあることを学びたいから、今度は家庭環境が厳しいところに行ってみよう」とか「いっぱい守ってほしいから、今度はこういう体がいい」って、みんな、全部デザインして生まれてきた気がするんですよ。

吉本　うんうん。ある程度の青写真はある気がする。

ＣＨＩＥ「何歳の時に会おうね」とか「このタイミングで、この言葉言ってね」とか約束して、この世に降りてきたんじゃないかって。

吉本　そうして、物件とか彼氏とかもそうだけど、似て非なるものにしばらく出合いますよね。

ＣＨＩＥ　うんうん（笑）。

吉本　本当にこの人だってなる前に「似てるけど、やっぱり違った」ってものと出合うことが多い気がする。

ＣＨＩＥ　探していたのは、これだと思いたいみたいな。

吉本　思いたい。でも違った。そういうことが何回かあって、本物に出合うと、たいてい、みんな、探していたことも忘れちゃうでしょ。

ＣＨＩＥ「そうか、本物はこれだったか」ってわかったら、あとのものは、もう、いいやってなっちゃう。

吉本　今がどんな状況であれ、自分で選んで生まれてきたんだっていうことは、大事かもね。じゃないと、人のせいにする一生になっちゃうんじゃないですか。何でも。

ＣＨＩＥ　今の状況が不本意で「こんなサイアクの人生、選んでないよ！」って思うかもしれないけど、それって絶対、今、そう言ってるだけだからって思います。十年後とか「あの時、家庭環境が悪かったから、今の自分があるんだ」「あの時、失敗したから、今の自分があるんだ」って思える時が来るんだと思う。どんな人でも、生まれてきた時点で、もう「おめでとうございます。実験大成功です」ってことですから。うまくいく時って、力が抜けている。自分の流れに沿っていく。

吉本　私、自分の前世だった人の家に行ったことありますよ。

ＣＨＩＥ　本当？　どこですか。

吉本　カプリ島です。その人も作家だったんですけど、その家に行った時、「だってここ、うちだもん！」みたいな強い主張をしたくなるような気持ちになって。たとえばギュスターヴ・モローの家とかに行ったら、この人、こんなこと思っていたんだなとか、それなりにわかるじゃないですか。でもその時は、そういうことじゃなくて「うちだから、ここ！」みたいな。それこそ「ここ通る時、雨に濡《ぬ》れて嫌なんだよね」みたいな感じのことまで思い出したんです。しかもそこが理想の家という感じでもなく、自分にとっては普通の家なんですよ。「前もここで写真撮ったな」「あそこにいつもいたな」「なんで台所に入れないんだろう」ぐらいの、家感だった。

ＣＨＩＥ　そこに行った瞬間、わーっと思い出したんですね。

吉本　うん。いいことも思い出したけど、あの時はこれが嫌だったということも思い出して。もちろん、口に出しては言わないですよ。「ここ、うちなんです」とか言い出したら、頭のおかしい人だと思われるから、言いたいけど、言えない。けど、その人が犬と一緒にいる写真がずらずらーっと飾ってあって、それを見た時も「ああ、やっぱり私だ。この人、絶対私だ」と思った。なぜだか、わからないんだけど。

ＣＨＩＥ　呼ばれたんですかね。

吉本　呼ばれたのかな。人生で二回しかカプリ島に行ってないのに、バスに乗らないと行けないその家に二回行ってる。「あれ？　また来ちゃった、ここに」って。何を書いていたんだろうと思って、その作家の本を買ったりもしたんだけど、スウェーデンの人でイタリア語と英語訳しかなくて、読めないわと思って。だから、いつか来世の私が、今の私の本を読んで「ああ、これ、私だ」とか思うんだろうな、と思います。

ＣＨＩＥ　私が、事故で記憶をなくしてしまう前の昔の私の日記帳を読んで「ああ」と思ったみたいに。

吉本　そしてやはりつらいこととか嫌なことが目についちゃうんじゃないかな。

ＣＨＩＥ　じゃあ次、じゃあ次って、いい方向にしか行ってないですからね。

吉本　そうか。成長してるんだもんね。ＣＨＩＥちゃんには、生まれたからには必ずいい方向に行ってるんだという確信があって、それって本当に素晴らしいなって。

CHIE　私は、昔の写真とか見ると、絶対、この人生よりも今の人生の方がいいってなるんで、きっと、ほかの人も確実にいい方向になってるんだろうなって。

吉本　そうかそうか。私は、もう本当にちっちゃい時から、昨日と今日が違う可能性はあって当然だと思って生きてきたんですね。今、こうして何事もなく生きていることの方が奇跡で、ある日突然、恐ろしい事故や災害が起こるかもしれない。どんな命も、本当はいつ死んでも、おかしくないんだって。もちろんそんなことは誰にも起こらないでほしいけど、ないと思ってる方がおかしいくらいの気持ちで、常に生きてきたので、私にとっては、毎日がホラーだったんです。毎日そう思って暮らしていると「すごく繊細な方ですね」とか「そこまでデリケートに考えなくても」って、ちっちゃい時から百二十万回くらい言われてきたんだけど、いや、繊細とかそういうことは絶対に違う、だって本当にそうだもんと思って、今に至っている。だからホラー映画が一番しっくりきたんですよ。ああ、私の毎日ってこの通りだよなと思って。

CHIE　私も、結構な事故で、本当にもうギリギリだったので、めっちゃ近くにあるんですよ、死が。死が近いからこそ、生もすごいあって、生きるってことの大変さをものすごく感じます。何事もなく普通に生きていることの方が、むしろ奇跡だって思いますよね。

吉本　その大前提の中で生きていくって、本当に大変なことだから、メンタル的には常にホラーなんですよね。

CHIE　生きていく方が大変だから。気を抜いちゃうと、人って、すぐ死の方に行っちゃうんじゃないかなって感覚の方が強いです。

吉本　そうそう。ホント、そうなんですよ。私もそう。だからかな。CHIEちゃんに初めて会った時、すごくホッとしたんですよ。もう、ホッとしたとしか言いようがないくらい、ホッとしました（笑）。

CHIE　私も、勉強もできないし、本もろくに読まない高校生だったのに、なぜか教科書に載っていたばななさんの写真を見た時に、なんか惹《ひ》かれたのを憶《おぼ》えてる。いつかこうして会えるなんて、思いもしなかったのに。そういうなんてことない、ちょっとした予感みたいなものって、あるじゃないですか。あれって、あとになってかなうから、今、願わされてるのかなって。

吉本　あとになって、はってあった伏線に気づくみたいなね。よく言われる「負の連鎖」って、あるじゃないですか。失恋して、失業してみたいに、うまくいかないことばかり、たて続けに起こって「今、悪い時期だな」って思うのって、きっと誰の人生にあることだと思うんだけど、そういう時も、必ずやっぱり兆しがあるんだと思う。

ＣＨＩＥ　そうそう。そうなんですよ。

吉本　その兆しをつかみそこねると、本当に負の連鎖を抜けられなくなっちゃうから。かすかな兆しでも見逃さないで、自分でほどほどにかじをとって、流れも見ながらわくわくとやっていくのが人生じゃないですか。

ＣＨＩＥ　人生を良くするには、そのために敢《あ》えて何かをやるってことよりも、流れに逆らわないことが大事だったりしますよね。

吉本　確かに。流れに逆らえば逆らうほど、困難が襲ってくるかもしれない。別にしなくていい苦労が多そうですよね。流れを読んで身をまかせることも大切。

ＣＨＩＥ　それで思い出したんですけど、ばななさん、前に言ってましたよね。本当は行きたくないのに「約束したから」とか「この人には会わなきゃいけないし」とか、何かと理由をつけて行こうとしてる時って、言い訳が長くなる。そういう時は、流れに逆らってるんだって。

吉本　うん。そういう時って、だいたい行かない方がいい流れじゃない？　たとえば登山なんかでも、急にあの人もこの人もって来られなくなって、代わりに誰か呼ばなくちゃいけないみたいな時は、やっぱり、登らない方が本当はいいんじゃないかって。

流れに乗ってる時って、なんの準備もしていなかったのに、いつの間にか人が集まって、自然と行く流れになっていたりする。「気がついたら、そうなっていた」みたいなのが、本当の流れじゃないかって。

CHIE　無理しない。頑張らない。

吉本　自分の自然の流れに沿っていく。

CHIE　私はよく「力まないで」って言ってるんですよ。嫌なことやりたくないことが起きたとしても、何かやりたいことを見つけるために必要だったりするから、自分がやらなきゃ、一から全部、取捨選択して世界をつくらなきゃって力まない方がいい。力むと絶対うまくいかないんですよね。力まずに、ゆるーく脱力系で行きましょうって、脱力系スピリチュアルを推奨しています（笑）。

吉本　それ、いいですね。

CHIE　うまくいく時って、絶対、力が抜けてるんですよ。

吉本　なるほど。そうかも。ほんとだ。

CHIE　お釈迦《しゃか》様はそういう状態を「無」と言われた。好きなことをやって、成功した人って「無我夢中だった」って言うじゃないですか。ただひたすらやっていたら、なんかわからないけど、すごくいい景色のところに出たみたいな。

吉本　雀鬼《じゃんき》こと桜井章一《さくらいしょういち》さんもよくおっしゃってますよ。「牌《パイ》は柔らかく持て」って。そうすると流れができるし、流れに逆らわなくなるって。普段から泳ぐように力が抜けていたら一番いいですよね、本当はね。人間そうはいかないから、修行するんですよね、きっと。

ＣＨＩＥ　修行すると、最初にぐーっと力が入って、もうどうすることもできないってなった瞬間に、ポーンって力が抜ける。抜く状態になることが本当は大事で、抜くから、何かが入ってくるんだと思います。

変わり続ける「自分」。『アムリタ』で記憶を失った主人公を描いた理由

吉本　『アムリタ』という小説で、私は、頭を打って、それまでの記憶をすべて失った主人公を書いてるんです。

ＣＨＩＥ　わぁ、そうなんですか。

吉本　朔美《さくみ》っていうんだけど、ＣＨＩＥちゃんのことを知った時、ああ、朔美みたいだなって。現実に同じ体験をした人がいることに、びっくりしたんです。なんでそんな設定にしたのかと言えば、当時の私は、それこそ自分の価値観ががらっと変わった

時期で、その時の周りの反応にびっくりしていたんですね。自分が変わったことで、周りが百八十度変わっちゃって「ええーっ？」と思っていた。若かったし、なんでそんなことになるのかもわからなかったので、じゃあ、どっちが正解なのか、それを解きたくて、私は、あの小説を書いたんだと思います。白紙の主人公が現れたら、周りはどうするんだろうって。

ＣＨＩＥ　自分より周りですよね。えっ、なんでそうなるのって。

吉本　うん。自分が変わる時のあのもやもやした感じ。待てよ、前の自分だったら、たぶん、こうしたし、それに対して周りはこうだったっていう前提みたいなものが、全部なくなるわけで、何ひとつ、ハッキリしたことがないあの心もとなさ。何回経験しても慣れることはないけれど、世界がもう一度生まれ変わるようなあの美しさを描きたいと思ったんです。『アムリタ』を書いたのはデビューして七年めのことで、もともと私は、もっとカルト的な作家を目指していたんですよ。でもデビューして、いきなり売れちゃって、売れたこと自体はもちろん良かったんだけど、困ったなと。自分としては、それこそオタクしか読まないようなカルト小説を書いて、もっと静かに暮らしていこうと思っていたのに、いきなり世の中に広く認知されたことで、役割もすべて変えなきゃいけなくなって。

ＣＨＩＥ　それでガラッと変わったんですね。

吉本　変わらざるを得なかったんだと思う。当時はうまく言葉にできなかったけど、今思うと、私が作家デビューした八〇年代の後半っていうのは、世の中がバブル景気で沸いていた頃で、みんながお金に踊らされて、自分にとって大切なものは何かっていう価値観みたいなものを見失っていく時代だったので、今、自分が担うべきジャンルは何かと思った時に「もっと気持ちの中のことを思い出そうよ」というのが、私にとっての大テーマだったんです。一方で「とにかく、まずはお金だ」っていう、バブルならではのステレオタイプな生き様があって、金銭が満たされたのなら、気持ちの方をちゃんと見てあげなきゃいけないのに、誰もその話をしない。私から見て、そこがごっそり抜けていたので、いくらお金があったって、これじゃ人間、やっていけないよなって。世の中全体が熱に浮かされたパーティみたいに盛り上がってるんだけど、そういう中でも「なんか自分は、ちょっとうまく乗っていけないな」って人も必ずいるわけですよ。だったら私は「あの人たちは楽しいんだろうけど、自分は全然楽しくない」みたいなことを言えない人たちの心に寄り添っていこうと思ったのをすごい憶えています。これからは自分を癒やすとか、自分の過去を癒やすとか言ってないで、とりあえず世の中の役に立つことをしようと思ったのは、その時でしたね。

ＣＨＩＥ　周りの状況を考えたら、変わらざるを得なかった。
吉本　私は現実的なんだな、と自分でも思います。『アムリタ』の時は、サイパンに取材に行ったんだけど、人生最悪の霊体験をして。
ＣＨＩＥ　何か伝えてきたんですか。
吉本　それも声が聴こえるとかそんな生易しいもんじゃなかった。大勢過ぎて「うるさい！」みたいな。飛行機飛ばないし、帰してくれないんだもん。
ＣＨＩＥ　コワーイ。
吉本　毎日一個、光り物がなくなっていくんですよ、イヤリングとか。
ＣＨＩＥ　それって守ってくれたんですかね。
吉本　わからないけど、戦争や兵隊さんの夢ばっかり見て、わーって起きるんです。すごいつらかった。何百人もいるから。熱が出ました。
ＣＨＩＥ　それは怖い。行かない。
吉本　うん。ＣＨＩＥちゃんは行かない方がいいかも。「もう、私は帰るの」って思って。「もうサイパンの料理、飽きた！　帰って、焼き魚を食べるんだから！」って。そういう時はきっと、断固とした姿勢が大切なんです。ノイズに押しつぶされそうになったら、自分の欲求に耳を澄ます。

ＣＨＩＥ　今の二十代の人たちを見ていると、悟ってるなあと思うことが多い。
吉本　大人っぽいよね、なんとも。
ＣＨＩＥ　好き嫌いがハッキリしてる。「嫌いなこととか苦しいことを越えた先に何かある」とか思わない。嫌いなことはやらない。
吉本　お金も使わない。「こんなに大人でいいの？」みたいな子が多い。
ＣＨＩＥ　ラブ＆ピースって言葉があるけど、それで言うと「ラブはないけど、ピースはある」って感じ。わかります？
吉本　わかります。
ＣＨＩＥ　何を好きなのかわからない。誰を愛せばいいかわからない。でも平和みたいな。
吉本　うん。そんな感じ。むしろ三十代の方が苦しんでるイメージがある。
ＣＨＩＥ　少し上の世代になると、好きなもののためなら我慢できる感じ。そういうところはすごいカッコいいなって思うんだけど、でも「なんでそんなに背負ってるんだろう感」があるかもしれないですね。二十代は背負わないから。「自分が正しいと思うことだけやりなさい」って言われてきた世代だから。
吉本　オランダに、ダムに穴があいているのを見つけて、自分の手をつっこんでダムが決壊するのを止める少年の物語があるんだけど、水の勢いが激しくて、最終的には肩までつっこんで止めたら、そのまま動けなくなって長い時間耐えて町を救った。要するに、そういうのが美談とされていた時代もあったわけですよね。今だったら「穴があいてるじゃん」って、携帯で誰かに知らせることができる。

CHIE　自分で穴に手を入れたりはしない。あるデパートで研修をやったら、昭和の人は「これを片付けてください」と言われると「はい。わかりました」って片付けるんだけど、今の子は「これ片付けて」と言われると「はー」ってため息つきながら片付けるんだそうです。別にやることはやったんだから、ため息ぐらい許してよ、行動を見てよって。上の世代はそれは許されなかった。

吉本　許されなかったと思う。やるならやるで、ちゃんと気持ちをこめてやることが大事みたいな価値観でしたね。

CHIE　上の世代は「未来に生きる」、未来を良くするために今を頑張る。でも今の子は「今に生きる」。今しか見えないのかも。

吉本　そうかもしれない。うちの子どもの学校の子とか、みんな、そういう感じです。

CHIE　次の世代は「過去を生きる」のかなって。「オタクでした」ってアイドルの子とか多くなってるし、過去の自分に誇りを持って、今、頑張るみたいな考え方になるんじゃないかなって。

吉本　ちっちゃい頃に何に影響を受けたかといえば、ある日、急に気がついたんです。たらふくおやつを食べて、どれ、ちょっと寝ようと思った時に「あれっ、これって、Ｑちゃんじゃん！」と思って。『オバケのＱ太郎』、大好きだったんです。それで、こんなふうになったんだなって。

ＣＨＩＥ　Ｑちゃんになりたかった。

吉本　うん。ドラえもんでもない、ドラミちゃんでもない、あんなしっかりしてない。ドラえもんは、人間の役に立つもん。コロ助も、役に立つ。けど、何もしないんですよ、Ｑちゃんは。ただの居候。何か役に立つことをしないと居候しちゃダメみたいなことすら超えている。そこが好きだったんだと思う。宿題やりなさい、早く寝なさい、親にこれしろ、あれしろって言われるのが子どもだから。藤子《ふじこ》先生は、子どもたちが本当は何を願ってるか、よくわかってたんですよ。

ＣＨＩＥ　何もしなくたっていいよと。

吉本　そう。私も、前世では、修行が長かったから、いいかな、Ｑちゃんで（笑）。

ＣＨＩＥ　もう、これしろ、あれしろ、言われたくないよって（笑）。それで言ったら、バカボンのパパもそうですよね。

吉本　あんな植木屋さんいない。森博嗣《もりひろし》先生と対談したら「植木屋さんであんな働き方だったら、一軒家を持ってるはずがない」って。

CHIE　ホントだ(笑)。

吉本　すごい具体的に「植木屋さんだと一日の稼ぎって、いくらぐらいでしょ。親の代からの持ち家じゃないなら、あの一軒家はないよ」って、真面目な顔しておっしゃってましたね。そういうところが、すごく森先生らしくて、おかしかった。

CHIE　現実的。

吉本　頑張りなさいと言われた子どもが、本当に頑張って、自分がやりたいことがやれる大人になったのが、森先生だから。何にもしてないのに、あれはないよって。

CHIE　何もしてないし、何があろうと「これでいいのだ！」ですもんね、バカボンのパパは。

吉本　「これでいいのだ」って、いい言葉だなあ(笑)。森先生も、引退されて、今は、かなり楽になっておられるみたいです。毎日しっかり遊んで、いい状態でいるみたい。

CHIE　あ、良かった良かった。赦《ゆる》したんですね、自分を。

吉本　うん。そうみたい。子どもの頃「こうしたい」と思っていた自分を殺さずに、生き延びさせるって、本当に大変なことで、周りの声に「もっとこうすべき」みたいなことを思い込まされてるうちに、本当はどうしたかったのかがわからなくなっちゃったりする。知らず知らず、自分で自分の本心を抑えつけて、ないことにしちゃう。それで息苦しいんだと思う。森先生は決して失わなかったんですね。

ＣＨＩＥ　自分が変わるのって、そこをくぐり抜けるためでもあるかなって。

吉本　何でもいいから、たとえばどうしてもこれがしたいと思ったら、してみればいいんですよ。引っ越ししたいとか、焼肉食べたいとか、何でもいいんだけど、したいと思った時に、意外と他人の言葉が邪魔してることが多い。

ＣＨＩＥ　たいしたことじゃないしって、流されてるうちに、わからなくなっちゃうんでしょうね。

吉本　たとえば私が死ぬほど「今夜は焼肉、絶対焼肉」って思ってたとするじゃない？　だけど、この世には、みんなにベジタリアンになってほしいと願っている人がいるかもしれない。そういう誰かが「吉本さんが、もう肉は食べたくないと思いますように」と願っているとしたら、そういうのって意外と影響を与えるんですよ。

ＣＨＩＥ　見えないかけひきみたいなものって、ありますよね。

吉本　社会に出たての頃、私、スーツばっかり着てたんです。今思うと、前世の見た目が痩《や》せて背の高い男の人だったので、そこに寄せていった気がするんだけど。

CHIE　今はすごい柔らかい感じの服になりましたよね。

吉本　うん。変わったから。ある日、ふっと思ったんですよ。別に私、会社に勤めてるわけでもないのに、なんでスーツにハイヒール履いてるんだろうって。社会に出るからには、やっぱりスーツ着なきゃって思い込んでいたんでしょうね。しかも男のような気持ちでスーツ買ってたから、ちょっと待てよと。

CHIE　さっきの話と繋《つな》がってきますよね。無意識に周りに影響されて、別にスーツが好きなわけじゃないけど、もう社会人なんだし、着なきゃいけないんだろうって思わされちゃう。

吉本　うん。そういう感じだと思うな。ホテルで対談するんなら、立派なロビーに汚い恰好《かっこう》で行くわけにいかないし、じゃあ、もうスーツ着ちゃおうみたいな。でも考えてみると、別にスーツが好きなわけじゃないし、嫌だなと思って、ある日、急に全部やめたんです。周りは「あれっ？」ってなったと思う。あんなにスーツばっかり着てたのにって。今じゃ、もう、冠婚葬祭用のしか持ってない。

CHIE　素敵。それが好きなのかっていえば、好きかもしれないけど、よくよく考えてみたら、好きって思うようにさせられたんじゃないかってこと、ありますよね。

吉本　ありますよね。

ＣＨＩＥ　「自分らしさ」みたいなことを追求してるつもりが、それってただの刷り込みだから、別に自分らしいわけじゃなかったりする。
吉本　あの時、一番ダメージ受けたのって、服屋のお姉さんだと思う。つい先週までは、何かイベントがあるたびに上から下までスーツ一式買いに来てくれた上得意だったのに、急に来なくなっちゃったんだから。もし私の意志が弱かったら、服屋のお姉さんの念にも負けてたかもしれない。
ＣＨＩＥ　何を着るかって、会う人によっても変わるし、自分の意志かっていったら、どうかなって。この人に会うから、これ着ようみたいな。それって、服に限ったことじゃなくて、周りに影響されて、無意識にそうしてるみたいなことって、いろいろありそうですよね。
吉本　だから「肉が食いてえ！」みたいなのを、すっごく大事にしてほしいなって。それがどんなことであれ、自分の願いとか自分の欲求を、本当に普段から聞くようにしてあげた方がいいよってことは、言っておきたいですね。
ＣＨＩＥ　うん。それこそが大きな存在の声という気がします。
吉本　それ以外はノイズだから。いろんな声に流されちゃうと、自分も疲れちゃう。ノイズに押しつぶされそうになった時は、自分の欲求をちゃんと聞いてあげたらいい。

生きている私たちは、肉体を持ってるんだから、単純に「肉食べたい」とか、そんな感じのことでいいんですよ。

CHIE　Qちゃんみたいでいい。

吉本　そうそう。Qちゃんは、食べ物に弱い。そこを利用する（笑）。たとえば「北海道行きたい」「山盛りの羊肉見たら、元気が出る」って思ってるのに、一方で「いや、あなたには九州に行ってほしい」と思ってる人がいるとするじゃない。そこで変に流されちゃうから「あなたがそう言ってくれるんなら、じゃあ、九州に行っとくか。九州で羊肉食べるか」みたいに、よくわからないことになっちゃう。

CHIE　ねじれずに。

吉本　そう。「うるさいな。北海道行くんだよ」って言ったらちゃんと「あ、そう」ってなるんですよ。一度くらい相手の言う通りにすれば、それで済むとか思ってしまうのかもしれないけど、自分の中のひずみは、それでは済まないからね。自分を後回しにしてるうちは、いつまでもノイズの念を供養できない。ささいなことだからって、ごまかしたり、妥協したりしないで「北海道で羊肉！」って確固たる意志を見せるのが、一番の供養になる。

CHIE　なんか、私、すごい焼肉が食べたくなっちゃいました（笑）。

吉本　念、飛ばし過ぎちゃった？（笑）

ＣＨＩＥ　私、大切な誰かを失《な》くした人から「何か言ってますか」って聞かれることが多いんですけど、亡くなった方が言ってくることって、共通してるんですよ。みんな、「言いたいことはもう何もないから、ただ笑ってて」って。笑顔しか求めていないんです、亡くなった人って。

吉本　うんうん。「楽しく暮らして」みたいな。

ＣＨＩＥ　そうそう。「ただ生きててくれたら、それでいいから」って。だからもう、遺《のこ》された私たちが、ただ生きて、何か楽しいことがあったら、笑ってる、それだけでもう、目に見えない人たちの願いをかなえてるわけだなって、すごい思うんです。

吉本　うんうん。そうですよね。それで充分なんですよね。

ＣＨＩＥ　だから自分の存在を大事にしてねってことは伝えたいなと。自分ひとりの命じゃないんだからって。

――二〇一六年九月十四日収録

そういえば同じ部屋にいて、家族だっていくら言われても
その人たちが思い出せず、全く顔なじみではない他人に
感じられた時、私は孤独を感じはしなかった。
そうなんだな、と思ってそれなりに溶け込んだ。
子供だってそうではないか。
生まれてきた家が、自分の住みたい国や、
合ったインテリアだとは限らない。
お乳をくれる人が母親であってほしい人とは限らない。
他人の箱の中に唐突に降りてくるのだ。

――『アムリタ』上下　吉本ばなな　角川文庫

第五章　時間、お金、神様、わたし

時間を考える

大学時代、私は、しがらみとしか言えないヘンな流れにのっかって、茶道部に入っていました。ハッキリ言って、めちゃめちゃ向いてませんでしたね。当たり前だよ、まったく興味がなかったんだから。それなのに三年間続けて、部長にまでなったのですが、向いてないから、つらくてつらくてしようがなかった。今は、お点前《てまえ》できるようになってよかったなと思ってますが。

親にまで「お前には茶道なんて絶対無理」と言われ、しかも両親が同時に言ってくるんじゃなくて、それぞれ言ってきたので、余計に説得力が増すみたいな。

自分も周りもそこまで「違う」ってわかっていたのに、なんで入ったんだろう。わからない。運命としか言いようがない。

忘れもしない、茶道部の隣が殺陣《たて》同志会で、ＯＢに真田《さなだ》広之《ひろゆき》さんがいたんですよ。

なんであっちに行かなかったのか。今の私なら絶対あっちに入っていたはず。でも、もし殺陣同志会に入っていたら、ただ「楽しかった！」で終わっていた気がするのです。

茶道部は、部活だから本当に厳しくて、合宿とかもあって、ひとり十回お点前とか、死ぬほど点《た》てたもん。でもやっておいて良かったなって、今になってよく思うんですよ。

それって、海外に行った時にお茶を点てられるとすごく人気が出るとか、茶道部には今のｉＴｕｎｅｓの社長になった人もいて、社内を見せてもらえたとか、そういう素敵なことだけじゃなくて、たとえば茶道の世界って、先生がものすごい上流階級の人と繋《つな》がっていたりする。そうすると、金ピカの人が来るオソロシイお茶会のお手伝いとかもするわけで、それこそ三越《みつこし》の展示会とかじゃないとお目にかかれないようなゼロがいっぱいついてる茶碗《ちゃわん》も見るし、しがらみと虚飾の世界、カネと色と欲みたいな価値観を目の当たりにすることもある。あれを見ると見ないとじゃ大人になって大違いだったなと。おかげで自分が何が嫌かっていうのが明確にわかったし、そういうことって、好きなことを楽しくやっているだけだったら気づけなかったと思うから。

現代美術作家の束芋《たばいも》さんの家に遊びに行った時「お母さんの窯を見に行こう」ということになって、お母様がつくっている器を見せてもらったんです。そうすると「これは私が一生触っちゃいけないくらいの高いヤツだ」というのがわかるんですよ、ひと目見れば。実際、束芋さんのお母様（陶芸家の田《た》端《ばた》志《し》音《おん》さん）の器は、吉兆《きっちょう》で使われていたり、展示会のたびに名だたる人たちが購入していたりする。自宅だから値札がついているわけじゃないし、謙虚な方たちなので「うちの母は中年になってから焼き物を始めて」ぐらいの感じで「実は凄《すご》いんです」みたいなことは絶対に言わないんだけど、いっぱい見てきたから、これはよくあるような真似して高いヤツじゃなくて、本当に値うちのあるものだというのがわかる。

そういう時に、ものを見る目がないと、楽しくないですよね。

その出会いが人生の分岐点になることもありうるわけで、そこで「わかる、けど、違う」って判断ができるのは、茶道部での経験が役に立ってると思う。だけど、最初に茶道部に入った時は、いつか役に立つとかまったくわからなかったし、向いてないと思っていた。不思議ですよね。それなのに、なぜやろうと思ったのか。

高城《たかしろ》剛《つよし》さんのメールマガジンから聴ける「高城未来ラジオ」に「自分の正体は五十

三年前に地球に降り立った宇宙人である」と言っている某私立高校の教頭先生の話を起こした記事が載っていて、その先生が本当に宇宙人かどうかはさておき、とても興味深いことをおっしゃっていました。

「大半の地球人は、西洋的価値観に洗脳されて、時間は過去から未来に流れていると思い込んでいるけれど、それは違う。それが戦後教育の最大の欠陥で、時間は未来から過去に流れている。江戸時代の時計もそうなっているし、子どもの時は未来から時が流れていると感じている」

それを読んで、すごく感動したんです。

時間は、未来から過去に向かって流れている。

普通は逆だと思われているけど、まさにまさに。私も、ずっとそう思っていたから。たとえば子どもって、観たい番組があると「明日の夜七時にあの番組がある」っていうところからさかのぼって「だったら六時にはこれをして、七時までには家に帰らなきゃ」って考えるじゃないですか。つまり、未来のその時が、今の自分をつくっている。

ところが大人になると、何かを決める時に、未来ではなく、過去の失敗で推し量ろうとする。過去に起こったことのせいで、今の自分があると思い込んでいる。過去はもう過ぎてしまったことで変えることはできないのに、それで未来が決まってしまうとしたら、生きている意味がしぼんでいく感じがしませんか。

川の流れを思い浮かべてみてください。

下流に向かってボールを投げても、ただ流れて、遠ざかっていくだけですよね。

でも上流に向かってボールを投げれば、ボールが目の前に来た時にキャッチすることができる。「時間は未来から過去に向かって流れている」っていうのは、つまり、そういうことだと思うんです。ボールみたいにハッキリわかるものじゃないかもしれないけど、ふっと向こうから風が吹いてくるみたいな、かすかな予感みたいなものをキャッチできるかどうかで、今の自分が変わってくる。

私がまったく興味がなかった茶道部に入ったのも、その時の自分には「違うこと」に思えても「とにかく、とりあえずやった方がいい」という勘が働いたからで、その風は未来から来るんだと思う、過去じゃなくて。

未来に向かって、ボールを投げる。

そういう気持ちで生きれば、流れにちょっとでも気づくことができるんじゃないか。かすかな予感をつかまえる。流さない。そう決めるだけで変わってくるはず。

子どもの頃は、誰もがそういう気持ちで生きていた。過去の失敗で自分を推し量るより、その方がずっとワクワクするし、ずっと正確な気がするのです。

お金を考える

お金に関して、私はつわものをいっぱい知っています。

自分が心からやりたいと思うことがあって、それを実現させるために、女の人でも自分の店に寝泊まりしたり、家賃がものすごく安いアパートに住んだりしている。それができるなら、たとえ髪を年に一回しか切れなくても全然構わないという彼女たちを見ていると、抜け道はいっぱいあるなと思います。

悩んでいる人たちが「お金がないからナニナニできない」と言うたびに、それってきっと日本人の一般的な生活レベルみたいなものを保ちつつ、それをやろうとしてるからじゃないかっていう気がするんですよ。

別に誰が決めたものでもないのに、今の生活レベルを手放すことができない。

会社に行って、安定したお給料も欲しいけど、帰りには遊びたいし、たまにはエステも行きたい。あれもこれもっていうスケベ心が捨てられないから、いつまで経っても、そこから脱《ぬ》け出せない。自分がどうしても我慢できないもの以外は、別に一般的な生活レベルみたいなものに合わせなくたっていいわけで、つわものたちのように、もっと自分が本当に必要なものとそうじゃないものを絞り込んでしまうと、新しいものが見えてくると思う。

たとえば、髪を年に一回しか切らない女性は、踊りのインストラクターの仕事をしていて、技術を磨きながら、それを続けていくことが彼女にとって一番大切なことだから、美にまつわる仕事でありながら、ひんぱんに美容院に行かないなど、節約するところとしないところをものすごくちゃんと考えている。本当のつわものになると、そういうちょっとしたことにお金を使わないんです。

家賃三万円のアパートで暮らしている女性は、結婚していて、ご主人とふたりで、すごく小さいところできれいに暮らしている。物は増やさない。贅沢《ぜいたく》はしない。あれもこれもということがないんですね。そういうふうにしちゃうと意外と何とかなるもんです。

飲食店だったり、マッサージ店だったり、自分で起業して、店に寝泊まりしてる人なら数知れず知っている。そうすれば家賃が節約できるし、営業時間外でも、いざとなったらお客さんがとれるから。始めるための知恵、続けていくための工夫がちゃんとある。やりたい道を究めていくうちに「これ要らない」「これも要らない」って自然と取捨選択ができるようになる。そういう生き方もありなんです。

　動物が飼いたいからって千葉の田舎に引っ越した人もいますよ。

　世の中やマスコミに出てこないだけで、いろんな人がいるんです。

「どうしても犬と猫と小鳥を飼いたい」なんて、それってもはや職業ですらないし、人が聞いたら「それって何？」みたいな望みだけど、東京でやろうとしたら「じゃあ、いっぱい稼がなきゃ」って、結局、動物を飼ってる暇もないみたいな選択をしがち。持ってるものをそのまま手放さないでやろうとするから、そういう本末転倒なことになるわけで、本当にそうしたいなら、住むところも仕事も変えたっていいはず。

「動物を飼いたい」が優先順位の一位だったら、東京で暮らす必要はないし、「満員電車に乗りたくない」が優先順位の一位だったら、就職する必要はない。別に立派な理由じゃなくたっていいし、そのくらいまっさらなところから考えたっていい。

　人は、好きに生きていいんです。

　そこからすべてがはじまる。それをどうか忘れないで。

「どうしても毎日カレーが食べたい」のに、ネイルサロンで働いてるので「ランチにカレーは困る」となるとする。自分からスパイシーな匂いがして、お客さんに迷惑がかかるから。それなら、そのために仕事を変えちゃうのだってアリだと思う。「そんなの馬鹿げてる」と人に笑われても、別に構わないじゃないですか。自分の人生なんだから、好きにやったらいい。意外とそこから自分でも思ってもみなかった新しい人生が開けていくかもしれない。なんで「どうしてもカレー」だったのか、その時は自分でもさっぱりわからなかったけど、あとで「あ、そういうことか」ってわかるとかね。

人間って、習慣を変えることが一番困難で、自分を変えたい、人生を変えたいと思いながらできないのは、それが習慣になっちゃってるからだと思うんですよ。

会社に行って、お給料をもらって、帰りに遊んで、エステにも行く。

それだって習慣ですよね。別に会社を辞めろとか転職しろとは思わないし、会社には会社のいいところがあるんだと思うけど、習慣の外の世界があること、その気になれば、習慣の外に出ることもできるんだっていうことは、想像だけでもできた方がいい。

やりたいことをやってるはずなのに、いつもせわしなくて、幸せだって感じる暇がないとしたら、それだって習慣ですよ。ぼんやりしてるなんて時間がもったいないって言うけど、本当にそうか。いつも時間に追われて、あくせくしていることで、実は、何もしない時間の中にある豊かさを受け取り損ねているのかもしれない。

こんなに忙しくしてるのに、なんで幸せじゃないのかって言ったら、時間を無駄にするな、常に何かためになることをしなきゃいけないと思わせるおおもとがあるからです。おおもとっていうのは、社長とかじゃなくて、庶民は働いてもらわないと困るっていう、お金を搾取する側の理論ですよね。誰もが等しくそれに巻き込まれている。あれもこれもというけれど、それって本当にしたいことなのか。欲しいと思って買ったはずのものが、すぐにどうでもよくなっちゃうのはなぜか。なんとなく膨れ上がった欲望を、本当に要るもの、本当は要らないもの、一度ひとつひとつ棚卸ししてみるといい。

地球の資源も枯渇してきて、だんだん経済でできることがなくなってきちゃったから、お金をとれる先がなくなっちゃった。それで「借金」を「ローン」とか「クレジット」とかいう耳触りのいい言葉に言い換えたり、ちょっと前まで「銀行」と「街の金貸し」は別のジャンルだったはずが、いつの間にか当たり前みたいに提携していたりする。ATMにカードを入れると「預金の引き出しですか」、それとも「クレジットですか」とさりげなく表示が出て、お金がものすごく借りやすくなっている。

いたるところに意識させないかたちで、トラップが潜んでいる。

逃げ切るためには、漠然と上を目指すんじゃなくて、自分がどういう生活をしたいのかを真剣に考えること。

経済はとっくに右肩あがりではないのに、いまだに上を目指せ、もっと働けという教育がまかり通っているのは、そうしてもらわないと困る人たちがどこかにいるからです。

子どもを塾に通わせるために、あるいは都心に一軒家を建てるために、働いて、働いて、でもお金がどんどんなくなっていくという悪循環になりかねない。

まったく手が届かないんなら諦めるんだけど、なまじ手が届きそうだから諦めきれない。気がついたら、あれもこれもで身動きとれなくなってる。目的地がわからない電車からは降りた方がいい。

それには、個人個人がもっと時間とお金の使い方を見直すことが必要なんだと思います。

三十年ローンとか言われても「家賃払うと思えば」ってつい思っちゃうもんね。

ローン地獄ですよ、私も。でも今となっては、ローンが終わるまで絶対に生きてやると思っています。

神様を考える

神様なのか、宇宙タイミングなのか。

それがなんだかわからないけれど、何か大きなものに守られている感じがすることってありますよね。

ベタな話で言うと、このままだと騙《だま》されそうな感じって時に、神棚に祀《まつ》ってある大《おお》神《みわ》神社のお札がバンッと倒れたことがありました。その音にハッとして、電話を切った。これまで二回しかなかったのですが、二回とも、あとで思い返すと危ないところだったので、守られてるし、警告もあるんだってびっくりしたことがあります。

だからと言って、常日頃「守ってください」と思ってるかと言えば、そんなことはまるでなくて、この間もサイキックの知人に言われました。

「あの頃は、どこかに出かけると危ないからって何度も警告したのに、いくら言っても聞かないから、放っておくしかなかった」

「えーっ。いつ？」

「おととしくらい」

「それなら、もうちょっと真剣に言ってよ！」

「言ったよ！」

危うくケンカになりかけた。

「外国とか行ったら事故に遭う相だったから、行かないでって何度も言ったのに、いや、自分は行きたいと思ったら、どこにでも行くんだって駄々をこねて、お前の言うことなんか聞くもんかっていうＬＩＮＥがきたから、黙っていたら、結局その旅行の仕事自体がなくなったから、ああ、なんか守られてるんだなと思って、放っておいたんだよ」って。

その知人もすごく不思議な人で「神様が会えと言ってる人にしか会えないようになってるから、たとえ約束しても、その日に別のところに行くべきだったら来られない」と言ってました。

その人は「神様」って言ってましたね、ハッキリ。

ＣＨＩＥさんは対談で「何か大きなもの」というような言い方をしていたけど、自分は守られている、きっといい方に進んでいる、そういうふうにこの宇宙はできていると確信することを、人間は、太古の昔から「神様」とか「愛」という言葉で呼んできたのかもしれない。

ひとつの大きなエネルギーの流れとして。

大神《おおみわ》神社は、私にとって縁のある場所で、初めて自分から訪ねたのは二十代の頃です。

当時、知り合いに神社めぐりが趣味の人がいて、その人に引っ張られるようにして、いろんな神社に行きました。そもそも旅が苦手で、できることなら家にいたい私が、あんなに神社めぐりをしていたこと自体、今思うと不思議でならない。

箱根《はこね》神社、鹿島《かしま》神宮、出雲大社、伊勢神宮……いわゆるパワースポットと言われるところばかりだし、どこも素晴らしいんだけど「いや、でもなんか違う」、自分の場所じゃないというのがわかるんですね。それは前世とかそういうものでもなくて、いや、もしかしたらそういうこともあるのかもしれないけど、自分の中で波長が合う、合わないみたいな。

それが大神神社に行った時に、初めてしっくりきた。

今はもう定年で退職された元宮司さんと境内でバッタリお会いした時も、初めて会ったはずなのに、なぜかはわからないけど「この人、絶対に知ってる人だ」と感じました。「良かったら案内しましょう」と言われ、そのあまりにも自然な成り行きに

「あ、これか」と思い当たることがありました。

その直前にサイキックの友人に言われたのです。

「誰かとどこかに行くんだけど、その連れていってくれた誰かはどうでもいい。その時に行ったどこかっていうのは、あなたの人生にとってとても大切な場所になる気がする」

言い方が漠然としすぎだし、あまりにもあいまいな情報で、その時は、私も「そっかあ。わかった」としか言いようがなかったのですが、きっと、それがここのことだと思いました。それまで訪ねたどの神社とも違う、しっくりくるこの感じ、待たれていたみたいな気配があって、自分のルーツを感じたんです、うまく言えないけど。

それで宮司さんに聞いてみたら、宮司さんのお父さんも霊能者でずっと人を見てきた人で「お前は神社で働け」と言われたとか。以来ずっと仲良しで、これはもう、めぐりあわせという感じがしてきますよね。

だからパワースポットでも、その人に合う、合わないがあるんだと思います。

合わないところに行っても、何の意味もない気がする。私の場合も、いろんなところに行って「いや、でもなんか違う」と思っていたからこそ「あ、ここか」というのがわかった。その意味では、違うところに行っておいてよかったのかも。

大神神社に行ったその日のうちに、たくさん夢を見て「あ、やっぱりここだ」と予感が確信に変わったのを覚えています。それで家に帰って、小さい時の思い出の品をしまってある箱を開けてみたら、へびのお守りだとか鈴だとか大神神社のものがいっぱい出てきたのです。

すっかり忘れていたのですが、うちの母親は奈良大和路の歴史や文化を学ぶ「大和文化会」に入っていて、子どもの頃、私をあっちこっちの山やら神社やらに連れていった。まだ幼かったし、全然興味がなかったので、つらくて「タクシーの中で待ってる」って言うんだけど「ダメ。見ておいたほうがいいから」って。母親には申し訳ないけど、ひとつも覚えてない。唯一、大神神社だけは気に入ったようで、へびのお守りもなぜか放さなかったらしい。

私の本名、真秀子《まほこ》の「まほ」も「大和は国の真秀ろば（中心、良き場所）」の「まほ」からきているし、縁があったんでしょうね。それ以来、定期的に大神神社に行きます。お正月とか混んでいる時はさけて、何でもないすいてる時期に、何かをお願いしに行くというより、自分を確認しに行く。

いわゆるパワースポットみたいなものって、私が思うに、ご利益がある場所というより、そんなふうに本来の自分を思い出させてくれる場所という感じがします。

反対に、よくない場所に行った時も「あそこに行ったから、くらっちゃったんだな」って体でわかる。信頼できる人たちは、自分とその感覚が一致してるので、それで確認できるというのはあるかもしれない。体って、すごく厳密にできているし、自分でもわりとわかっているので、それが一致しない人は、私にはあまりピンとこない。たとえば「ご先祖のお墓が横倒しになっていませんか？　それをちゃんと供養しましょう」みたいな人って、そういうのが合う人もいるんだろうけど、あんまり私には合わない。

別にサイキックの人じゃなくても、不動産屋さんが、いろんな物件見てるから「僕もよくない土地とかわかるんです」って言い出したり、人には基本そういう力がある。新しい土地に何か建てる時はお祓《はら》いとか必ずやるし、特別スピリチュアルなことでもないんだろうなと。

幽霊も、いるってことにした方が話が早いんですよ。

このホテル気持ち悪い、湿度が六十パーセントだからって思うよりも、幽霊だよねって思った方が話が通じやすいし、部屋も変えてもらいやすい。

それで言ったら、前世も、私の中では実はグレーですね。

あるって考えた方が簡単だなって。

たとえば日本人なのに、ある人は誰にすすめられたわけでもなくヨーロッパ風味で暮らしていて、ある人はアメリカ風味で暮らしていて、説明つかないことってあるじゃないですか。そういうのを見ると、前世って言っちゃうとラクだなって。

旅をすると、初めて訪れた場所なのに「ここは前にも来たことがある」と感じることがあって、たまにそういうことがあると旅行嫌いなのに、来てよかったなと思います。

昔のここは、というのも、よく感じます。

今はこうだけど、昔はこうだったなって。

ネパールのチベット寺院に行った時がそうでしたね。ここに来ることになったのは、過去を思い出してという流れだったのかなって。

たとえばの話、ものすごいエロい男の人が部屋に入ってきたら、どんなさわやかモードの見た目でも「この人、なんかいや」ってわかるような気がしませんか。「うわっ、何？」って、きっとどこかで思うはずなんですよ、本能的に。

そこからちょっとひろげて、その人が住んでいた部屋に行ったら、たぶんわかると思いますよね。退去した直後とかだったら、別にエロ本とか積んでなくても、なんかこの部屋、ちょっと入りたくないなって思うのが人間の感覚の鋭さで、その延長線上に幽霊とか前世もあるんじゃないかという気がします。

どの宗教も言ってることは同じで、人間って、やっぱり、みんな、幸せになりたいものだし、肉体にまつわる欲望をそんなに助長させない方が基本的に生きていきやすいですよね。食欲とか性欲とか何でもいいけど、「欲をあんまり育てちゃいけない」って、どの宗教も言うけど、ほんとだなって感じがします。たいていの痛ましい事件は欲から起きているし、金銭欲、支配欲、名誉欲、ほかの人を無力化させたいというあらゆる欲が、結局は肉体にまつわるもので、愛よりも欲の方を助長させちゃうと、生きにくくなる。

やっぱり、その瞬間、その瞬間に宇宙から要求されている「最適」があるんですよ。その「最適」から、どれくらいズレないかっていうのが、人間のできることなんだと思う。

それって、情緒とか一切入り込む隙がないくらい、とってもデジタルなことのような感じがする。

小説を書いていても、それをすごく感じます。

この行はこの言葉を絶対に入れちゃダメとか、文法的には間違えていても、この書き方で行くしかないとか、最適の流れがあって、本当にデジタルだなと思う。

今を生きる

クリント・イーストウッドは、長年にわたってＴＭ瞑想《めいそう》を実践してきた人で、彼が監督した映画の多彩さに触れると、ＴＭ瞑想が創作にものすごく影響を与えてきたことがわかります。

隣にモン族の一家が住んでいて仲良くなって、それがきっかけで人種差別を乗り越える、『グラン・トリノ』の世界までは、いかにもイーストウッド。わかるわかると思うんだけど、臨死体験を描いた『ヒアアフター』までいっちゃうと、これはもう瞑想して宇宙から拾ってきたなとしか思えない。イーストウッドの中にあんなオカルトが入ってるなんて誰も思わないし、あれって超能力があって苦しいって話ですから。『チェンジリング』では、子どもをさらわれた母親の心理を妙にリアルに描いている。

母親は子どもを捜し続けるんだけど、権力の陰謀で知らない子どもが連れてこられて、カメラが回っているところで「ママ」と呼ばれる。明らかにわが子とは違う、でもここで違うとは言えないし、なんかもういいかってなってしまいそうな母親のギリギリの感覚を、男性でおじいさんのイーストウッドが、なんでここまでわかるんだろうと。すごくうまくて、まったく嘘っぽくないんです。

あんなにアメリカっぽい、どちらかと言えばマッチョな男性がここまでいってしまうっていうのは、人間の深層心理っていうのは本当に凄いなと。

瞑想って、自分の内側にどんどん入っていって、宇宙みたいなものに繋がる経験で、大きな泉に水をくみに行くみたいに、極まると誰にでもなれるし、何でも考えられる。彼の作品の多彩さを思うとちょっと恐怖も感じるけど、人間の可能性を感じる。

私は瞑想はやらないけれど、きっと誰にでもそういう可能性があるんですよ。自分の人生を深く生きていけば、きっと根っこでは他者と繋がるんです。

九〇年代の初めに岡崎京子《おかざききようこ》さんの『リバーズ・エッジ』が出た時は、いや、私たちはここまで極端じゃないと、著者も私も読んだ人もたぶん思っていたはず。最近、映画になったので、原作をあらためて読み返したら、今やあの世界が普通のこと、あんなに特殊に思えたはずの人と人の関係性が、ただのリアルな日常になっちゃってて、あ、世の中こっちなんだなって思いました。

その流れで、岡崎さんの『東京ガールズブラボー』を読み返したら、サカエちゃんが「今すぐミサイルがくればいいのに」「飛んできて、みんな、なくなっちゃえばいいのに」って言ってて、それだって、もはや、ただのリアルな日常で、すごいな、私たち、すごい時代にきちゃったなと。

実際、予感はしていたんだろう。岡崎さんは、時代に敏感だから、すごく。でも、ああ、そうなんだと思って考えさせられたというか、だからどうするっていうのはわからないのだけど。

自分を生きるっていうのは、これをすれば幸せになれるとか、これをやめないと不幸になるとか、そういうことでもなく、自分を生きたからって、悲しみはなくなるわけではないし、つらさが減るわけでもない。

人生は、誰にとっても、基本的につらいものだから。

それでも自分を生きていけば、生きることはきっと豊かになる。そこから開けていくひとつひとつの景色は、ひとつ残らず、あなたにしか見えない、あなただけのかけがえのないものだから。

たとえばブルーのワンピースが欲しいなと思ったら、今日の帰り、あるいは週末、最悪でも年末くらいまでには、きっと手に入れられるじゃないですか。

それに「七〇年代のイヴ・サンローランの」とかつくと難しくなってくるけど、本当に欲しいなら、オークションで手に入れるとか、人に譲ってもらうとかすれば、遠からずかなうはず。

それが、単純に「引き寄せ」ってことですよ。

みんなやってることでしょ、気づいてないだけで。

「よし。中華食べよう」って思って、旦那さんが「俺は中華は死んでもいや」とか言う人だったら「じゃあ、友達と食べに行こう」って、ちゃんとかなえてるはず。「一〇〇〇万円ほしい」だって、急にはかなわないけど、三年かけてとか十年かけてだったら、かなうかもしれないじゃないですか。

そうやって、ひとつひとつ、かなえていけばいい。

とりあえずたった今、素直に本当にやりたいこと、ほしいものは何ですか。

まずは、そこから始めていきましょう。

「混乱することはない、流れに乗るんだ。
違うことをしてしまわないように。」

　頭の中の祖父がそう言った。

「そのつど考えて、肚《はら》に聞いてみなさい、
景色をよく見て、目を遠くまで動かして、深呼吸しなさい。
そして、もしもやもやしていなかったらその自分を信じろ。
もやもやしたら、もやもやしていても進むかどうか考えてみなさい。
そんなもの、どこからでも巻き返せる。」

――『花のベッドでひるねして』よしもとばなな
幻冬舎文庫

第六章
教えて ばななさん。

Q

ばななさんが「今、自分は違うことをしている」と気づくフラグにしていることは、何ですか。


頭だけで自分が納得しようとしているときです。

「この肉、高いんだから、この脂、おいしいはず！」

「この人、みんなに好かれてるんだから好きにならなくちゃ！」

「人はみんないいところがあるんだから、大目に見なくちゃ！」

「こんなに人気があるんだからきっと美人なんだ！」

みたいな。首が凝る感じというか。

Q

そんな時、どうやって軌道修正していますか。
ばなな流の切り替え方のヒントを教えてください。

「いきなり！ステーキ」のヒレは
脂がなくてもうまいじゃないか！
面白くて魅力的な藤田《ふじた》ニコルや滝沢《たきざわ》カレンを
見てるときは前のめりじゃないか！
自分の感覚に自分は正直なんだ！　と信じること。

Q

食べること、眠ること、人と会うこと、ひとりになること、
旅に出ること……「自分自身であること」を思い出すために
何が有効だと思いますか。

なにもしない一日をもうけること。
家にいてもいいので、
退屈で死にそうという日があるといいと思う。

Q

「この人、いいな！」と感じると、パッと目の前が開けるような気持ちがすることがあります。ばななさんが、最近「いいな！」と思ったのは、どんな人？

「自伝」が話題の、イタリア在住のミユさん。
尼神《あまこう》インターの渚《なぎさ》さん。
あまりに若いみんなが「ゆるふわ」だから、
男気のある女性を見るとなんとなくほっとします。

Q

マッサージ以外に体のためにしていることはありますか。

実はマッサージってあまり得意ではなく、
ほとんど受けていないのです。
ロルフィングと、鍼《はり》を定期的に受けています。
宇宙マッサージは、機会があれば飛びついてでも受けています。
節目節目に受けるようにしているというか。
それからＣＳ60という器具での治療をたまに受けています。

Q

体にいいことの情報が溢《あふ》れている中で、ばななさんが
自分に合う、合わないの基準にしていることはありますか。

たいていの施術やサプリメントは自分には合わないので、
合わないことに正直にあろうとしています。

Q

「食べること」について、どんなことを大切にしていますか。
長く食べ続けているもの、基本にしていることはありますか。

その食べものの見た目が生き生きとしているかどうかです。
そして、なによりもさっとゆでた野菜が大好きです。
エネルギーが下がりそうなもの（コンビニ弁当、機内食）を
食べなくてはいけないときは、自分の状態にすごくよく気をつけます。
それから遺伝的に糖尿には気をつけたいので、
炭水化物は少なめにしています。でも決して抜きはしません。
長く食べ続けているものはないのですが、
いい中国茶といいコーヒーは好きでけっこう飲んでいます。
体がすっきりする気がします。

Q

「自分を生きる」と言われても、そもそも自分のことが好きになれません。どうしたら好きになれますか。

好きじゃなければ殺してもいいの？
捨ててもいいの？　と思えば、
別に好きにならなくてもいいんだと思えると思います。

Q

自分の弱点、ダメなところは、どういうところだと思いますか。

そして、その弱点とどんなふうにつきあってきましたか。


ミーハーでうわついていて、その場しのぎのことを言ったりしたりするところ。体力がないところ。

それを少しでもとがめる感じのコツコツ系の人と、単に合わないんだなと自分のために思ってあげるようにする。

あの人たちが正しいんだとは思わないようにする。

Q

「最近、なんとなく、うまくいっていないな」と思ったら、
まず、どんなことを試してみますか。

よく睡眠を取り、土いじりをする。
模様替えをする。

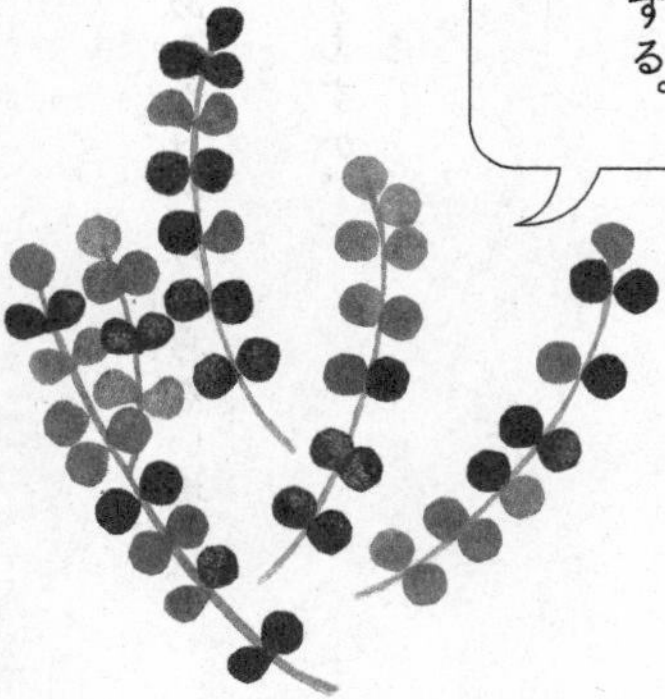

Q

自分と合わない人とどうしてもつきあわなければならない場合、
どうやってしのいでいますか。
人間関係をこじらせないコツってありますか。

いいところだけ見て、
接する時間を短く切る。

Q

とりあえず元気を出そうと思ったら、何をしますか。

ひとりで夕方居酒屋に行って、ビールとつまみをしみじみ楽しむ。

Q

腹が立つことがあっても、
面と向かってうまく怒ることができません。
ためこんでしまった怒りの上手な解消法はありますか。

「チャンスがあったら言ってやる！」と思ってニヤニヤする。

Q

落ち込んだ時に聴きたくなる音楽があったら、教えてください。
いっぱいある場合は、いちばん最近のお気に入りを。

幼い頃から、必ず立ち直ることができるのは
ヘンデルの「ゆかいな鍛冶屋」を聴いていたときです。
魂の曲みたいな感じです。
最近は……ライブラリから見ると、
GEZANの「END ROLL」。
エド・シーラン。
レナード・コーエン。
ユザーン。
もちろん原マスミ。

Q

迷った時、何度も読み返してきた本はありますか。

「いのちの輝き」ロバート・C・フルフォード&ジーン・ストーン
「未知の次元」カルロス・カスタネダ
「リアリティのダンス」アレハンドロ・ホドロフスキー
どれだけくりかえし読んだかわかりません。

Q

どんな家に暮らしたいかということで、
ばななさんが大切にしていることは、どんなことですか。

「気」がいいこと。風通しがいいこと。
よどんでいないこと。

Q

ばななさんがお金とのつきあい方で
大事にしていることってなんですか。
逆に「こういうお金の使い方はいやだ」と思うのって
どんなことですか。

だいじにしているのは、納得いく使い方をすることです。
何らかの形で脅かされて出すお金はいやです
（これを払わないとこうなっちゃいますよ、と）。

Q

「別にひとりぼっちではないけれど、
自分には本当の友だちっているのかな」と思うことがあります。
ばななさんにとって「友だち」と呼べるのは、どんな人？

すごく遠くにいてなかなか会えなくても、
苦しいときに
「あの人もがんばっているんだから」と思える人です。
本当に迷ったときに、意見を求めたいと思う人。

Q

「もうそんなに好きじゃないのかも」と思いながら、
別れる踏ん切りがつきません。
次の展開が見えてこないグレーゾーンの時期、
どんなふうに過ごしたらいいと思いますか。

空気が動くきっかけを自然に待つといいと思います。
必ず来ます。

Q

仕事に、家事に、子育てにとめまぐるしく過ごしていた時期、ばななさんが「この時間だけは自分のものだ」「これをしている時だけは、自分だけの時間だ」と気づいたことってありますか。

ひとり居酒屋！

Q

「もうこんな歳なのに」と思うと、周りの人と自分をつい比べてしまって、いろんなことに自信が持てません。ばななさんは、自分の年齢とどんなふうにつきあってきましたか。人と自分を比べないコツみたいなものがあれば、知りたいです。

その歳にしかできないことってあるんだな、と思うことです。
きっと十年後の私は、
今の私を「若かったなあ!」と思うと思うのです。
だから今しかできないことってなんだろう?
と考えるのが楽しいです。

Q

これが起こったら、気持ちを切り替えるべきだ、というような、ばななさんにとっての気づきのサインみたいなものってなんですか。

体調を崩したときです。

Q

これまでの自分からは考えられないようなことをやろうとしている時、これでいいんだろうかと不安になります。ばななさんが思う「それでもやってみよう」という気持ちになる見極め方の決め手になることはありますか。

楽しい気持ちになれるかどうか、
ドキドキするかどうかです。

Q

家族（母親、父親、兄弟など）と合わないなと感じています。
許せないと思っていることも、
いつか許せるようになると思いますか。

許さなくてもいつかみんな死んでしまうので、
わざわざ許す必要はないと思います。
死んだらみんな許されてしまうので。

Q

ネガティブな感情を持ち続けていると、自分が疲れてしまいます。
誰かのことを嫌いになりたくないのに、
どうしてもそのことを考え続けてしまいそうな時、
ばななさんならどうしますか。

人にぐちって、いかに相手にされないかを見て目を覚まします。

Q

職場のセクハラに耐えられないけど、
仕事が好きで困っています。どうしたらいいでしょう。

私にとって、その両方がいっぺんに存在することはありえないです。
好きな仕事もセクハラがあったらだんだん嫌いになってしまうので。
好きなほうの仕事だけできるような環境を気楽に探します。

Q

上司のパワハラに心が折れそうです。
仕事を辞めるべきか、我慢すべきか。

上司の好きになれるところを探したり、
クリーニング（ホ・オポノポノ）をしたり、
休日むちゃくちゃ遊んだりして、様子を見ます。
相手も自分を嫌う理由があるかもしれないので。

Q

何かトラブルが起こったり、誰かから悪意を向けられても
すべて自分のせいだと思ってしまい、「ネガティブな思考の癖」が
抜けません。軌道修正よりももっと前の、自分を認めて
フラットな状態に持っていくにはどうしたらよいでしょうか。
強固な「思考の癖」からの脱却の方法を知りたいです。

自分を認めるということはいちいちしなくても、
ちゃんと毎日生きているわけで、
そしてその中に必ず快と不快はあるはずなので、
快に注意を向けて快が多い生活をしようと心がけます。
それだけでずいぶん癖は抜けると思います。

Q

ここに行くと「自分」に戻れる場所はありますか。

土肥《とい》の海と、ローマと、台北《タイペイ》です。

Q

一日のうちで、大事にしている時間はありますか。

夕方、陽が沈むときです。
今日も終わるんだなって切り替えをします。

Q

貯金がなくて、将来が不安です。
このあまりにも漠然とした状態から次の一歩を踏み出したい時、
まず何から手をつけたらいいでしょう。

これはもう、五〇〇円玉貯金しかないです。
すごく自信がつきます。

Q

ばななさんが感じた一番最近の小さな幸せを教えてください。

子犬が膝《ひざ》の上で寝てくれたこと。

文庫版 もっと教えて ばななさん。

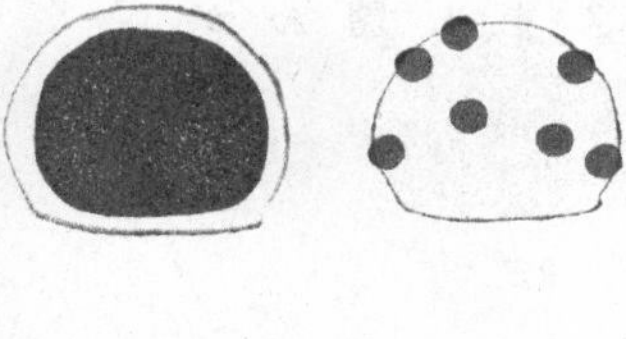

Q

コロナ禍の今、自分の生まれ育った国の政府がどんどんおかしくなってきているように感じます。選挙には毎回行っていますが、状況が改善されているように思えず鬱々《うつうつ》としています。人生の残りがあと半分だとすると、人の命を最優先にするまともな政治の行われている国に移住したい気持ちがどんどん募ってくるのですが諸事情でなかなか行動に移すことができません。せめて日々を楽しく過ごそうとはしていますが、気持ちの整理がつかず困っています。動きたいのに動けない時の心の持ちようについて、ばななさんはどのように考えますか。

イメージとしては、いろんな要素を混ぜないことが大事な気がします。

例えば、日本の政府がよくないことと、海外に移住したいこと、今はできないことは、全部別々の問題ですから、個別に解決しなくてはならないことです。

また、人によっては諸事情を無視してとにかく移住してしまうこともあるので、その場合全て解決することになります。

移住したら自分が確実に死ぬ、という以外は実は問題じゃないのです。つまりたいがいは大丈夫です。

また、今すぐ日本の政府がすばらしい動きをしたら楽しく暮らせるのか？世界のどこかには国民本位の政府があるのか？

そのくらい極端に考えると、スッキリする部分があります。

まあ、いずれにしても今はなかなかひどい状況ですから、むりもありません！

私は自然のことを考えます。換気だワクチンだマスクだと人々が騒いでいるあいだに、風のひと吹き、光のひと射し、雨ひと降りでウィルスを無力にします。無料で。たとえウィルスが人工物だとしても、粛々と。

そのことに計り知れない感謝を抱きます。

Q

自由な時間がとれても、ついつい家事に使ってしまいます。家族と一緒に生活している中で、自分だけ楽しいことに時間を使うことに、どこか後ろめたい思いがあり、なかなか自分の趣味に没頭できません。どうしたら、自分だけの楽しみをめいっぱい、後ろめたく思うことなく楽しめるでしょうか？

私には居酒屋で酒を飲む以外趣味がないので、意外に困りません。逆に言えば、全部が仕事だから、気を抜く暇がないとも言えます。こういう人生だなと思って納得しています。

徹底的に区切るか全く区切らないか、どちらかにするしかなく、半端に区切るとすごく疲れます。

意外に思い切り好きにやると、家族が楽しそうになり、なーんだ、と思うものかもです。時間は少しかかっても。

Q

元気になれず、お腹が空《す》いていても何が食べたいかわからなくなるときがあります。何もやる気になれないとき、どういう風に切り替えていらっしゃいますか？

何もしないでボヤッとします。

Q

今まで生きてきた中で、一番記憶に残っている違うことをしなかったことはなんですか？

かなり親しかった知人と縁を切ったことです。

あれ？　足が向かない、なんで？　と思ったらもう口が会いたくないと動いてました。その日のうちに何も知らない良き知人から急に、その人のいる土地に行かない方がいいと忠告がありました。

よくない事件が起きる数か月くらい前にうまく切れた気がします。

Q

持病があり、しょっちゅう発作で死にかけてて、長年別居してるけど籍が一緒の奥さんがいて、子どもはいないけど、父親がわりをしている姪《めい》っ子がいて、毎日の様に世話しています。そんな状態で独身の女性と付き合う男をどう思いますか。違うことだとわかっていて、人を好きになることはありますか。

それ、意外に違わないかも！

Q

この人は「違うことをしない」で生きているな、とばななさんが思う有名人はいらっしゃいますか？

KIKI（菊乃）さんですね。

Q

日本や海外の問題、自然について考えたとき、何か小さくてもいいのでより良くしたい気持ちがありますが、何から始めればいいのかと気持ちや行動も止まったまま、考えと行動がちぐはぐになっています。どんな事に気をつければ体が自然と動いていくのでしょうか。

自分ができることをむりなくして、朗らかに暮らし、まわりの10人くらいを幸せにすることかなと思います。

Q

周りを見回せば本当にひどい世の中だし、ある年齢になってくると、人生は、誰しも辛《つら》いものだということがわかってきてしまいます。そのトンネルの中を人は、とにかく歩き続けなければなりません。ばななさんは、ご自身で、こういったことをどう受け入れて、その上でどう生きていこうと思っていらっしゃいますか？

たまに笑えることがあればいいかなって。

Q

海で泳ぐのが好きです。ばななさんのエッセイにもすてきな海のお話が沢山ありますが、海がくれる力は何だとお考えでしょうか？

とにかく入ってるだけで肩こりがなくなります。
もちろんよくない海もあるし天候も日々いろいろあるから、見極めが大事ですね。

Q

自立しているとは、どのようなことなのでしょう。その時の心はどんな気分になるのでしょうか？

ひとりで考えられるから、人の力になれる。

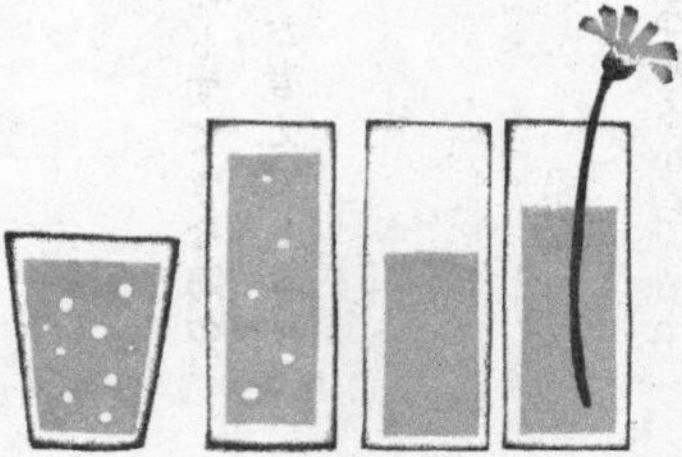

Q

高校生の娘とふたり暮らしです。コロナの感染を恐れて、娘に外出自粛をさせていたら、学校のお友達から無視されてつらそうで、娘にもお友達にも悪かったなと思います。ばななさんはお子さんの外出をどのように考えてますか？

——

ちゃんと対策をして、好きに出かけてくれと思います。

その結果を命がけで受け止めます。

Q

異動で新しい部長になり、同じ部の方が良い人から意地悪な人に総取っ替えになりました。パートですが古株の私は、聞かれたら社員さんに仕事を教えたりサポートしてきましたが、悪口を言いふらされたり、無視されて、それまで仲の良かった人との関係も悪化するなど、びっくりする事ばかりです。子供が大学生になるまでと転職せず我慢してきましたが、コロナを機に、新しい世界に飛びこんでみようと思っています。楽しく暮らしたいです。何かアドバイスを頂けるとありがたいです。

辞めどきかも。
辞めたら、振り返らないこと。

Q

自信を持つとはどういう事でしょうか？ 私は緊張しやすいせいか、よく人に「自信を持って！」と励まされるのですが、自分としては全てにおいて自信がないんじゃなくて、誇りに思う事もあるのにな……という気持ちがあります。「自信満々だぞ！」という態度だけが自信を持つ事じゃないと思うのですが、本当に自信があるってどんな状態ですか？

自信を持っていたら、だんだん緊張しなくなるし、人の言うことが気にならなくなります。

「自信を持って！」

「あるよー、普通に」

って感じの自然な会話に。

Q

人生の中で、時間を無駄にした……と後悔することはありますか。
そんな時、どうやって折り合いをつけますか。

まだ時間ありそうだし、おいおいゆっくり取り戻そう！　って。

Q

忙しくなると、家事や身だしなみのケアなど、日々の繰り返しがおろそかになってしまうのが悩みです。気持ちよく過ごすには大切なことだと分かっているつもりなのですが、身が入らない自分が情けないときにはどうしたらいいでしょう。

しかたないんじゃ。
ひまになったらやろうって感じでよいのでは。

Q

4歳の息子が「パパ、いっつもいっつもカレーじゃん！　あきるんだよ！」とマジギレしてきます。少しでも野菜を食べさせたいのですが、どうすればよいでしょうか。

肉にトマトソースとか。
味噌《みそ》汁の具に野菜で汁だけ飲ませるとか。

Q

「もっと頑張らないと」と自分に厳しくするときと、「いや、これ以上は無理だよな」と、自分を甘やかすときで揺れ動きます。ばななさんの中で、自分を甘やかしていいときとダメなときの基準、線引きなどはありますか？

もっと頑張らないとって、決して思いません。
そうしたらおのずと定まってきます。

Q

子どもを巡って夫婦で意見が割れています。子を持つことも持たないことも道だと思います。正解、不正解がない大切な問題で相手と意見が異なる時、ばななさんはどのように着地点を見つけていらっしゃいますか？

自分のやりたいようにやって、後で帳尻を合わせます。

Q

ふと食べたくなってよく作る（作ってあげる）、お気に入りのお料理とそのレシピを教えてください。


ムール貝ワイン蒸し。

買ってきた冷凍ムール貝洗う、エシャロット刻む、にんにく刻む、白ワイン入れて全部蒸す。

塩胡椒《こしょう》。

です！

Q

旅行や取材先の部屋が嫌な感じだったときはどうされますか？ お部屋をかえてもらう、●●をして浄化する、ブロックする、などの対策法があったら教えてください。

換気しまくり、塩まきまくり、酒を飲む、ＴＶつけて寝る。
ダメなら部屋換えてもらいます。

Q

いちばん好きなアロマオイルはなんですか？　また、アロマディフューザー、アロマストーンなど、どのように活用されていますか？（おすすめの楽しみ方を教えてください）

ディプティックの
アロマキャンドルの
フィグ（イチジク）が好きです。

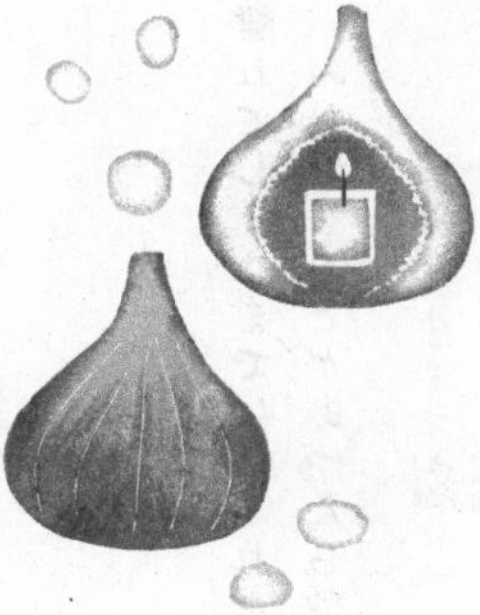

Q

子どもがいずれ大きくなって親元を離れてしまうまでに、これだけはしておくといいorしておきたい、みたいなことがあったら教えてください。

たくさん触っておく。
とにかくいっしょの時間を増やす。

Q

これからくるであろう、親との別れをどのような心構えで迎えたらいいのか教えてください。

死ぬ瞬間まで生きてる！　心の中で殺さないようにしよう！って思ってました。

おわりに

私はまだそれをほんとうにはうまく言語化できていないので、小説で少しずつ書いていくことになると思うけれど、ずっと考え実践し続けてきたことで到達した場所がある。

そこでふっと横を見ると、目が合う人たちがいる。

それぞれが違う形で同じ山を登り、谷を下り、同じ虹を見たんだねということが、目と目を見ればわかる。

たいへんだったねとか、苦しかったねとか、野暮なことは言い合わない。「明日もあさっても生きていこう、体のあるかぎり。そして、いつも横を見たら目が合うお互いでいたいね」と願う。それだけだ。

それぞれが愛をもって別々の現場で生きていき、周りに影響を与えていく。

私にとってその現場は、たまたま文章を書く場だったわけだけれど、そのことをいっそう大切にしていきたい。

この企画に最初から最後までど根性を持って接してくださった岸本亜紀さん、対談を担当して下さった辻村碧さん、私の言葉を優しく澄んだ言い方でまとめてくださった瀧晴巳さん、私の凝り固まった考えを、対談の中でもはるか天上のラブでほぐしてくださった白井剛史（プリミ恥部）さん（この本の中で、彼との対談はいちばんむつかしく思える部分だと思いますが、最も大きな気づきが秘められていますので、ぜひくりかえし読んでください。人生が大きく変化する可能性があります）、たぐいまれなるサイキック能力をとてもキュートな見た目で包んでいる魔法使いＣＨＩＥちゃん、なんて美しい色や線のはんこだろう！　と感嘆を抑えられないほどの才能を持ったとみこはんちゃん、ダンディな姿と心をそのまますばらしいデザインに惜しみなく込めてくださる鈴木成一さん、実際の作業をていねいにして下さった大口典子さん。

あなたたちとスピリチュアルな本を作ることができたことは、私にとってとても光栄なことであり、まったくもって「違うこと」ではないことでした。

すてきな夢をありがとうございました。

読んでくださった読者のみなさん、ありがとうございます。まるで金太郎飴《あめ》のように、パパブブレの飴のように、どこから読んでくださってもかまいません。

ほんとうの自分を思い出し、初期設定を望みのままにどんどん変えて、自由で心楽しい人生になっていけるお手伝いができる本になっていたら、とても嬉《うれ》しいです。

二〇一八年　秋のはじまりに

吉本ばなな

文庫版おわりに

　また時はあっという間に流れ、近所の人たちだったプリミさんやCHIEちゃんは、遠くに引っ越してしまった。

　美しき憂い顔（なにかを憂えているのではなく、そういう顔なのだ）で大荷物を持って歩いているCHIEちゃんに声をかけるとあのかわいい笑顔に急になる様子にズギュンと胸を撃ち抜かれたり、ママチャリで家にやってくるプリミさんを見かけることができなくなったのはとても残念だけれど、あの日々は私の中でそんな光景として輝いている。

　こうしているあいだに、人生の時間はどんどん過ぎていく。

　きらめく光景だけ残して。

　それをひとつでも書きとめてから去りたい。そうしたら、これまで同じことをしながら去っていった人たち（含む父）の書いたものが、私を救ったように誰かを救うこともあるかもしれない。

書くことと読むことが大好きないつかの誰かを。

「違うこと」をしなければしないほど、それは実現する。

自分のためじゃなく、人のために。でも、それは自分が自分の快適を自分にあげていないと、どんどんズレていくものだ。

こんな簡単なカラクリを奪ってしまった社会の仕組みに腹を立てるより、自分のための小さくとも無限の自由と快適を追求したほうがいい。

親にもらったからできてしまった枠、周囲や家族に作られた枠、苦しくそう思っているものは、スピリチュアルな意味ではなく、自分の中にあるものだ。ないものは出てこない。それを心底認めたときに発動する力を貯めていくだけでいいのだ。

「違うこと」をしないって、イヤなことはしないってことですよね、とか、違うと思うことにはうなずかないってことですよね、とよく書かれたり言われるが、全く違う。

よく言われるように、「運命は決まっているけれど、人は完全に自由だ」という矛盾した話と同じで、今この瞬間にその人の個性がすることはひとつだけなのだ。赤ちゃんはいつもそれをしている。大人になると選択肢があるかのような錯覚をするものだが、ほんとうはない。そのくらい厳密なのだ。それを完全に無意識でできたらお釈《しゃ》迦《か》さまやキリストさまになってしまう。だから、せめて近づけていく努力をするだけ。

私の言っているのはそういう話であって、決して「イヤなことはしなくっていいんだよ、自分を愛そう！」なんていう話ではないのだ。

でも、市井《しせい》の無名の人の中には、けっこうたくさんいる。独自の道で己を極めてほとんど悟りに近い人が。だから人間って捨てたものではないと思う。

繰り返し謝辞を書くことはしないけれど、関わってくださった人たち全員に感謝を捧《ささ》げます。文庫になって嬉《うれ》しいです。ありがとうございます。

いつも巫女《みこ》っぽくふわ～とやってきて変なツッコミをする偉大なる瀧さん。

そしてなんとなくヤンキー魂を感じる（ヤンキーではなくても）、凛々《りり》しく優しい岸本さん。

瀧さんのギャル文字っぽい字でていねいで不器用な書き込みが入っているゲラを見るといつもいいなあ、と思う。ときには「ここがとっても好きです」なんて書いてある。

岸本さんは、メールでつい自分の気持ちを素直に書いちゃう。それらはエリート人生的には「違うこと」なのかもしれないが、瀧さんや岸本さんの人生では決して「違うこと」ではない。

それから、一回単行本になったゲラを自分で読まない編集者って多い。それって、本を出すのがルーチンになっていて、仕事を愛してないっていうことだ。「私がこの目で確認しました」なんていちいち言わないでただそんなことを心を込めて実行してる岸本さんの不器用な生き方が、通じる世の中でありますように。

そういうようなことをいつも、誰に対しても、願っています。

そして精進しています。書きものの魔法のしっぽを、常に捉《とら》えることができる自分であるように。

読んでくださったみなさま、心から、ありがとうございました。めぐりあいに感謝しています。

二〇二一年 一〇月

吉本ばなな

白井剛史／プリミ恥部
（しらい・たけし／プリミちぶ）
宇宙ＬＯＶＥアーティスト。1975年静岡県生まれ。ファーストアルバム「シュペルヴィエル」、セカンドアルバム「プリミ恥部な世界」、ベストアルバム「ＵＦＯＰＩＡ」を発表。ＨＭＶ＆Books online「プリミ恥部の宇宙おしゃべり」に、さまざまなゲストとの対談を連載。著書に『樹ぴター』『愛を味方にする生き方 人生があがっていく宇宙マッサージ』、共著に『気をつかわずに愛をつかう』などがある。

ＣＨＩＥ
（チエ）
1991年群馬県生まれ。14歳の時に記憶喪失を患ってから、人のオーラが見えたり、亡くなった人の霊を見るようになる。相手の感情、性格、私生活（部屋など）がわかり、守護霊も見ることができるが、本人いわく「ただ人より勘が鋭いだけ」。

構成／瀧　晴巳
スタイリスト／市川　土筆
写真／ホンゴユウジ

本書は、二〇一八年一〇月に小社より刊行された単行本を加筆修正のうえ、文庫化したものです。「文庫版　もっと教えて　ばななさん。」、「文庫版　おわりに」は本書のために書き下ろされました。

「違《ちが》うこと」をしないこと

吉本《よしもと》ばなな

令和3年 11月25日　初版発行
令和6年 9月25日　17版発行

発行者●山下直久

発行●株式会社KADOKAWA
〒102-8177　東京都千代田区富士見2-13-3
電話　0570-002-301（ナビダイヤル）

角川文庫 22902

印刷所●株式会社KADOKAWA
製本所●株式会社KADOKAWA

表紙画●和田三造

●お問い合わせ
https://www.kadokawa.co.jp/（「お問い合わせ」へお進みください）
※内容によっては、お答えできない場合があります。
※サポートは日本国内のみとさせていただきます。
※Japanese text only

ISBN 978-4-04-111433-9　C0195

◆◇◇

角川文庫発刊に際して

角川源義

第二次世界大戦の敗北は、軍事力の敗北であった以上に、私たちの若い文化力の敗退であった。私たちの文化が戦争に対して如何に無力であり、単なるあだ花に過ぎなかったかを、私たちは身を以て体験し痛感した。西洋近代文化の摂取にとって、明治以後八十年の歳月は決して短かすぎたとは言えない。にもかかわらず、近代文化の伝統を確立し、自由な批判と柔軟な良識に富む文化層として自らを形成することに私たちは失敗して来た。そしてこれは、各層への文化の普及滲透を任務とする出版人の責任でもあった。

一九四五年以来、私たちは再び振出しに戻り、第一歩から踏み出すことを余儀なくされた。これは大きな不幸ではあるが、反面、これまでの混沌・未熟・歪曲の中にあった我が国の文化に秩序と確たる基礎を齎らすためには絶好の機会でもある。角川書店は、このような祖国の文化的危機にあたり、微力をも顧みず再建の礎石たるべき抱負と決意とをもって出発したが、ここに創立以来の念願を果すべく角川文庫を発刊する。これまで刊行されたあらゆる全集叢書文庫類の長所と短所とを検討し、古今東西の不朽の典籍を、良心的編集のもとに、廉価に、そして書架にふさわしい美本として、多くのひとびとに提供しようとする。しかし私たちは徒らに百科全書的な知識のジレッタントを作ることを目的とせず、あくまで祖国の文化に秩序と再建への道を示し、この文庫を角川書店の栄ある事業として、今後永久に継続発展せしめ、学芸と教養との殿堂として大成せんことを期したい。多くの読書子の愛情ある忠言と支持とによって、この希望と抱負とを完遂せしめられんことを願う。

一九四九年五月三日